कहानी-संग्रह

पिछली गर्मियों में

लेखक की कृतियाँ

कहानी-संग्रह
परिन्दे (1959), जलती झाड़ी (1965), पिछली गर्मियों में (1968), बीच बहस में (1973), कव्वे और काला पानी (1983), प्रतिनिधि कहानियाँ (1988), सूखा तथा अन्य कहानियाँ (1995), थिगलियाँ (2024)

उपन्यास
वे दिन (1964), लाल टीन की छत (1974), एक चिथड़ा सुख (1979), रात का रिपोर्टर (1989), अन्तिम अरण्य (2000)

यात्रा-संस्मरण/डायरी
चीड़ों पर चाँदनी (1963), हर बारिश में (1970), धुंध से उठती धुन (1997)

निबन्ध
शब्द और स्मृति (1976), कला का जोखिम (1981), ढलान से उतरते हुए (1985), भारत और यूरोप : प्रतिश्रुति के क्षेत्र (1991), इतिहास स्मृति आकांक्षा (1991), शताब्दी के ढलते वर्षों में (1995), दूसरे शब्दों में (1997), आदि, अन्त और आरम्भ (2001), साहित्य का आत्म-सत्य (2006), सर्जना पथ के सहयात्री (2006)

नाटक
तीन एकान्त (1976)

अनुवाद
पराजय : अलेक्सांद्र फेदेयेव (1954), बचपन : टाल्स्टॉय (1954), कुप्रीन की कहानियाँ : अलेक्सांद्र कुप्रिन (1955), रोमियो जूलियट और अँधेरा : यान ओत्चानाशेक (1964), खेल-खेल में : चेक कहानियाँ (1966), इतने बड़े धब्बे : चेक कहानियाँ (1966), झोंपड़ीवाले और अन्य कहानियाँ : मिहाइल सदौवेन्यु (1966), कारेल चापेक की कहानियाँ (1966), बाहर और परे : इर्षी फ्रीड (1967), आर.यू.आर. : कारेल चापेक (1972), एमके : एक गाथा : जोसेफ़ श्कवोरेस्की (1973)

पत्र
प्रिय राम, प्रिय निर्मल (2006), देहरी पर पत्र (2009), चिट्ठियों के दिन (2009)

साक्षात्कार
संसार में निर्मल वर्मा (2006)

संचयन
दूसरी दुनिया (1978)

पिछली गर्मियों में

निर्मल वर्मा

राजकमल प्रकाशन

पहली बार **राजकमल** से 1968 में प्रकाशित

ISBN : 978-93-6086-067-7

मूल्य : ₹795

पुनर्नवा संस्करण : अप्रैल, 2024

प्रकाशक : राजकमल प्रकाशन प्रा. लि.
1-बी, नेताजी सुभाष मार्ग, दरियागंज
नई दिल्ली-110 002

शाखाएँ : अशोक राजपथ, साइंस कॉलेज के सामने, पटना-800 006
पहली मंजिल, दरबारी बिल्डिंग, महात्मा गांधी मार्ग, प्रयागराज-211 001
1, अनमोल सोराबजी सन्तुक लेन, धोबी तलाव, मरीन लाइंस, मुम्बई-400 002

वेबसाइट : www.rajkamalprakashan.com
ई-मेल : info@rajkamalprakashan.com

मुद्रक : विकास कंप्यूटर एंड प्रिंटर्स
ट्रॉनिका सिटी-201 102

PICHHLI GARMIYON MEIN
Short Stories by Nirmal Verma

What is the phrase for the moon? And the phrase for love ? By What name are we to call death?... I need a little language such as lovers use, words of one syllable such as children speak when they come into the room and find their mother...I need a howl; a cry.

—**Virginia Woolf**, *The Wabes*

क्रम

धागे 11
पिता और प्रेमी 29
डेढ़ इंच ऊपर 39
खोज 53
उनके कमरे 67
अमालिया 81
इतनी बड़ी आकांक्षा 118
पिछली गर्मियों में 138

पिछली गर्मियों में

धागे

उस रात खाने के बाद कॉफ़ी पीते हुए हम केशी के नये रिकॉर्डों की चर्चा करने लगे।

"मुझे तो रात को नींद नहीं आती...मैंने ग्रामोफ़ोन लाइब्रेरी में रखवा दिया है," मीनू ने कहा।

"क्या वह अब भी पीते हैं?" मैंने धीरे से पूछा। "केशी दूसरे कमरे में है।"

"हाँ...लेकिन मेरे कमरे में नहीं।" मीनू ने दरवाज़ा खोलकर परदा उठा दिया। बरामदे के परे लॉन अँधेरे में डूबा था। एक अपरिचित घनी-सी शान्ति सारे अहाते में फैली थी। हम कॉफ़ी पी चुके थे और अपने-अपने ख़ाली प्यालों के आगे बैठे थे।

मीनू कुर्सी खिसकाकर मेरे पास सरक आई।

"तुम्हारे हाथ बहुत ठंडे हैं," उसने मेरे दोनों हाथ अपनी मुट्ठियों में भर लिये, "तुम्हें इतनी देर कैसे हो गई? शैल तुम्हारी राह देखते-देखते अभी सोई है।"

"मैं फाटक से तुम्हारे कमरे तक भागती आई थी," मैंने कहा। मैंने झूठ कहा था। मैं मीनू से यह नहीं कहूँगी कि मैं पिछले आध घंटे से लॉन में अकेली बैठी रही थी—कहूँगी, तो वह विश्वास नहीं करेगी।

"क्यों, तुम्हें अब भी अँधेरे से डर लगता है?"

मीनू हँस रही थी।

उसका एक हाथ अब भी मेरी गोद में पड़ा था। बिजली की रोशनी में उसकी सफ़ेद पतली बाँहें बहुत सफ़ेद थीं, बहुत पतली थीं। मुझे अजीब-सा लगता। केशी इन हाथों को कैसे चूमता होगा? कैसे इन बाँहों के महीन, भूरे रोयों को सहलाता होगा?"

"सुनो, परसों रात तुम क्या कर रही थीं?"

"क्यों...अपने कमरे में थी!" मैंने आश्चर्य से उसकी ओर देखा।

"कनॉट प्लेस से घर लौटते हुए हम तुम्हारे होस्टल आए थे।"

"बहका रही हो," मैंने कहा।

"सच, आए थे—केशी से पूछ लेना। लेकिन इतनी रात भीतर कैसे आते...तुम्हारी मिसेज़ हैरी देखतीं, तो हमें कच्चा चबा जातीं।" वह हँस रही थी।

"क्या तुम लोग रुके थे?"

"हम होस्टल के बाहर खड़े रहे थे...तुम्हारे कमरे की बत्ती जली थी। केशी ने कई बार हॉर्न बजाया था। हमने सोचा था, तुम हमारी कार का हॉर्न पहचान जाओगी...लेकिन तुमने सुना ही नहीं।"

"मैं शायद सो गई थी...मुझे कुछ भी पता नहीं चला।"

"तुम अब भी लाइट जलाकर सोती हो?" मीनू ने पूछा, "मिसेज़ हैरी कुछ नहीं कहतीं?"

"यह वर्किंग विमेन्स होस्टल है—मिसेज़ हैरी कोई कॉन्वेंट स्कूल की मेट्रन थोड़े ही हैं," मैंने कहा।

मीनू समझ गई। हम दोनों को एक बहुत पुरानी घटना याद आ गई थी और हम दोनों हँसने लगे थे।

उन दिनों मैं और मीनू स्कूल के होस्टल में रहा करते थे। कमरे में बत्ती जलाकर सोने की सख़्त मनाही थी। अँधेरे में डर के मारे मेरी देह के पोर-पोर-से पसीना छूटने लगता था और मैं सबकी आँख बचाकर चोरी-चुपके बत्ती जला लेती थी। डिनर के दो घंटे बाद जब कभी मेट्रन कमरों का 'राउंड' लगाने आतीं, तो मेरा दिल रह-रहकर दहल-सा जाता। मैं आँखें मूँदकर प्रार्थना करती रहती। किन्तु मेट्रन की आँख चील की तरह तेज़ थी। उन्हें धोखा देना आसान नहीं था। वह बड़बड़ाते हुए मेरे कमरे में आतीं और बत्ती बुझा जातीं। किन्तु जब वह मेरे कमरे से बाहर जाने लगतीं तो मैं काँपते हाथों से उनकी स्कर्ट पकड़ लेती, "प्लीज़, मेट्रन!"

वह हतबुद्धि-सी मेरी ओर देखने लगतीं और झिड़कने लगतीं, "क्या बात है, यह क्या बचपना है?" वह कहतीं।

किन्तु मैं उनकी स्कर्ट पकड़े रहती और सिसकते हुए बार-बार कहती, "प्लीज, मेट्रन, प्लीज़, प्लीज़..."

सारे होस्टल में यह बात फैल गई थी। ऊँची क्लास की लड़कियाँ या मीनू की सहेलियाँ जब कभी मुझे देखतीं, हँसते हुए मेरी फ्रॉक पकड़ लेतीं और बार-बार कहतीं, "प्लीज़, मेट्रन, प्लीज़, प्लीज़..."

"मीनू...शिमला याद आता है...न जाने कितने बरस बीत गए?" मैंने कहा।

"हमने सोचा है, अगली गर्मियों में वहाँ जाएँगे...केशी ने अभी तक शिमला नहीं देखा...तुम्हें उन दिनों छुट्टी मिल जाएगी?"

मैं मीनू को देखती हूँ। मुझे कुछ भी समझ में नहीं आता।

"तुम्हें नहीं मालूम, तुम कैसी हो गई हो...कभी शीशे में अपना चेहरा देखा है?"

"हाँ, देखा है...बड़ा प्यारा-सा लगता है," मैंने कहा।

"नहीं रूनी...मज़ाक़ की बात अलग है। तुम्हें हमारे संग चलना होगा। जब से तुम जबलपुर से आई हो..."

लेकिन मीनू आगे कुछ भी नहीं बोलती। शायद आगे मौन का एक दायरा है जिसे हम दोनों छूते हुए कतराते हैं। शायद मेरा चेहरा बहुत सफ़ेद-सा हो गया है और वह डर-सी गई है।

मीनू कुर्सी से उठकर मेरे पास—बहुत पास आ गई। उसने मेरे गले में अपने दोनों हाथ डाल दिये। उसकी आँखों में अजीब-सा विस्मय है। मुझे भ्रम होता है कि वह मेरे और केशी के बारे में सब कुछ जानती है...वे बातें जो सिर्फ़ मेरी हैं, जिन्हें मैं अपने से भी छिपाकर रखती हूँ। किन्तु वह कभी मुझसे कहेगी नहीं...वह बड़ी बहन है, इसलिए वह 'मार्टर' है। वह हमेशा ही मुझे अपने से बहुत छोटा समझती रहेगी।

ये कुछ ऐसे क्षण हैं, जब मैं मीनू से घृणा करती हूँ...बचपन से करती आई हूँ।

कमरे में सन्नाटा खिंचा रहा। न जाने हम दोनों कितनी देर तक ऐसे ही बैठे रहे।

"तुम बुरा मान गईं..." उसका स्वर भीगा-सा था।

"तुम पागल हो मीनू!"

"इस तरह होस्टल में अकेले कब तक रहोगी?"

मैंने उसकी ओर हँसते हुए देखा।

"अब मुझे डर नहीं लगता।"

मीनू कुछ नहीं बोली, चुपचाप अपनी उँगलियों को मेरे बालों में उलझाती रही। उसकी आँखें बहुत उदास हैं। वह मुझसे बड़ी है,

लेकिन ऐसा नहीं लगता कि मैं उससे छोटी हूँ। लगता है, जैसे दिन बीतते जाते हैं और वह वहीं—एक ही स्थान पर—खड़ी रही है, जहाँ वह बरसों पहले थी। फिर भी उसके सामने मैं अपने को हमेशा ही बहुत हीन पाती हूँ। लगता है, वह सब कुछ है, मैं उसके सामने कुछ भी नहीं हूँ। यह उसका बड़प्पन नहीं है...वह होता तो कुछ भी मुश्किल नहीं था; तब मैं उससे लड़ लेती; उसे दोष देकर छुटकारा पा लेती। लगता है, जैसे वह कहीं बहुत ऊँची दीवार पर बैठी है और मैं सिर उठाकर विस्मित आँखों से उसकी ओर देख रही हूँ।

"रूनी, बहुत देर हो गई, तुम कपड़े नहीं बदलोगी?" मीनू उठ खड़ी हुई।

"ठहरो, चलती हूँ। यह स्वेटर किसका है?" मेरी निगाहें सामने सोफ़े पर टिक गईं जहाँ हल्के, सलेटी रंग के ऊन की लच्छियाँ और उनमें उलझी हुई सलाइयाँ पड़ी थीं।

"केशी का पुलोवर है...पूरी बाँहों का।"

बुना हुआ हिस्सा उठाकर उसने मेरे हाथों में रख दिया।

"कैसा है, कल ही शुरू किया है।" मैंने उसे छुआ नहीं, एक लम्बे क्षण तक उसे अपने हाथों पर वैसे ही पड़े रहने दिया—मेरे हाथ उसके नीचे दब गए हैं। उसके नीचे दबकर सिकुड़-से गए हैं। मीनू की स्निग्ध, शान्त आँखों और गोरे काँपते हाथों के बीच केशी का अधबुना स्वेटर एक लम्बे पल तक बिना हिले-डुले पड़ा रहता है।

मैंने आज तक केशी को फुल-स्लीव का पुलोवर पहने नहीं देखा। पता नहीं, उस पर कैसा लगेगा?

मीनू ड्राइंग-रूम में चली गई। मैं कुछ देर तक उस कमरे में अकेली बैठी रहती हूँ। सब ओर सन्नाटा है। केवल किचन से प्यालों और प्लेटों की हल्की-सी खनखनाहट सुनाई दे जाती है। दरवाज़े की जाली पर फीकी-सी चाँदनी उतर आई है।

खिड़की के परे बरामदा है, लाल बजरी की सड़क है। उसके पीछे मोटर-रोड को लाँघकर पहाड़ी आती है, जिसके टीले लॉन से दिखाई देते हैं और लॉन में पत्तियाँ हैं, हवा में सरसराती घास है...।

"तुम अभी तक यहाँ बैठी हो?"

मीनू के स्वर में हल्की-सी झिड़की थी। मैं चौंक गई। केशी का स्वेटर अभी तक मेरी गोद में पड़ा था।

"मीनू, क्या झाड़ियों में बेर आ गए?"

"अभी कहाँ? कहीं दिसम्बर में जाकर पकेंगे। याद नहीं, पिछले साल इन्हीं दिनों हम पहाड़ी में पिकनिक पर गए थे। बेर खाकर शैल का गला पक आया था..."

"वे कच्चे थे...तुमने पके बेर नहीं खाए, बिलकुल काफल जैसे मीठे होते हैं...मीनू, शिमले के काफल याद हैं?"

"और खट्टे दाड़ू...तुम उनका लाल रस अपनी उँगली पर लगाकर कहती थीं—'यह मेरा ख़ून है।' और माँ डर जाती थीं।"

हम उस क्षण भूल गए कि इन बरसों के दौरान ढेर-सी उम्र हम पर लद गई है...कि बरसों पहले उसका विवाह हुआ था और मैं एक बच्चे की माँ हूँ। हम दरवाज़े पर खड़े-खड़े देर तक एक-दूसरे को वे बातें याद दिलाते रहे, जो हम दोनों को मालूम थीं, जिन्हें हमने कितनी बार दोहराया था, किन्तु हर बार यह लगता था कि हम उन्हें भूल गए हों, हर बार हम उन्हें दोबारा याद करने का बहाना-सा करते थे।

"कल तुम्हारा ऑफ़-डे है...हम लोग पहाड़ी पर जाएँ, तो कैसा रहे?"

"सच?" मैंने ख़ुशी की झोंक में मीनू का हाथ पकड़ लिया।

"केशी से कहेंगे, वह अपना ग्रामोफ़ोन ले चले—बिलकुल पिछले साल की तरह।"

"रूनी, इट विल बि वंडरफुल...सच, बिलकुल पिछले साल की तरह।"

पिछले साल...एक ठंडी, बर्फ़ीली-सी झुरझुरी मेरी पीठ पर सिमट आई...वह सितम्बर का महीना था, मैं शैल को लेकर दिल्ली आई थी। सब कुछ पीछे छोड़ आई थी, अपना घर-बार, अपनी गृहस्थी। सबने यही समझा था कि मैं कुछ दिन रहने के लिए आई हूँ। कुछ दिन रहूँगी और फिर वापस चली जाऊँगी। यही सितम्बर का महीना था...हम पहाड़ी पर पिकनिक के लिए गए थे...बेर की झाड़ियों के पीछे मैंने सारा साहस बटोरकर मीनू से पहली बार बात कही थी, जो इतने दिनों में मैं अपने में छिपाती चली आ रही थी। मीनू ने समझा था, मैं हँसी कर रही हूँ, किन्तु अगले क्षण जब उसने मेरे चेहरे को देखा तो वह चुप रही थी, कुछ भी नहीं बोली थी—एकटक फटी-फटी आँखों से मुझे निहारती रही थी...।

कल उस बात को बीते एक साल हो जाएगा। कल हम फिर पिकनिक के लिए जाएँगे।

गेस्ट-रूम की बत्ती जली है। मैं दरवाज़े के पास जाकर ठिठक जाती हूँ। पीछे देखती हूँ। फाटक के पास चाँदनी में मेरी छाया लॉन के आर-पार खिंच गई है। लगता है, रात सफ़ेद है, बँगले की छत, दूर पहाड़ी के टीले, घास पर एक-दूसरे को काटती छायाएँ...सब कुछ सफ़ेद है। घास के तिनके अलग-अलग नहीं दीखते...एक हरा-सा धब्बा बनकर पेड़ों के नीचे वे एक-दूसरे के संग मिल गए हैं।

यहाँ से उस कमरे का कोना दीखता है, जिसमें मीनू और केशी सोते हैं...कोना भी नहीं, केवल दीवार का एक टुकड़ा—जो झाड़ियों से

ज़रा दूर है...लेकिन लगता है, जैसे झाड़ियाँ अँधेरे के संग-संग दीवार के पास तक खिसक आई हैं। एक क्षण के लिए भ्रम होता है कि मैं भूल से यहाँ आ गई हूँ, कि यह मीनू का बँगला नहीं है, वह लॉन नहीं है, जिसके कोने-कोने से मैं परिचित हूँ। जब कभी कोई पक्षी झाड़ियों से बाहर निकलकर उड़ता है, उसके डैनों की छाया घूमते हुए लहू की तरह चाँदनी पर फिसलने लगती है।

कमरे में दबे-पाँवों से आई। मेरे पलंग के पास शैल का बिस्तर लगा था। चप्पल उतारकर मैं धीरे से उसके पास बैठ गई। देर तक उसकी मुँदी आँखों को देखती रही...एक बार उसने आँखें खोलकर मुझे देखा था—केवल निमिष-भर के लिए—किन्तु नींद ने दूसरे ही क्षण उसकी पलकों को अपने में ओढ़ लिया था।

बत्ती बुझाकर मैं अपने बिस्तर पर लेट गई। चाँदनी इतनी साफ़ है कि बुक-केस में रखी केशी की किताब पर 'टाइटल' अँधेरे में भी चमक रहा है...'टाइम, स्पेस एंड आर्किटेक्चर'। बाहर की खुली खिड़की पर शैल के झूले की रस्सी टँगी है। उसकी छाया खिड़की की जाली पर तिरछी रेखाओं-सी पड़ रही है। जब हवा का झोंका आता है, तो ये रेखाएँ मानो डरकर काँपती हुई एक-दूसरे से सट जाती हैं।

न जाने क्यों, मेरा दिल तेज़ी से धड़कने लगता है। शायद मेरा भ्रम रहा होगा और मैं साँस रोके लेटी रहती हूँ। कमरे की चुप्पी में एक अजीब-सी गरमाहट है...जैसे कोई चीज़ दीवारों से रिस-रिसकर बहती हुई मेरे पलंग के इर्द-गिर्द जमा हो गई है। लगता है, जैसे पास लेटी शैल की साँस मेरे पास आते-आते भटक जाती है और मैं उसे सुन नहीं पाती।

सुनती हूँ...कुछ देर ठहरकर, कुछ निस्तब्ध पलों के बीत जाने के बाद दोबारा सुनती हूँ। न, पहला भ्रम महज़ भ्रम नहीं था। बीच के गलियारे में धीमी-सी आहट हुई है। कुछ देर तक सन्नाटा रहता है।

कई मिनट इसी तरह अनिश्चित प्रतीक्षा में बीत जाते हैं। बाहर का दरवाज़ा हवा चलने से कभी खुल जाता है, कभी बन्द हो जाता है। जब खुलता है, तो गलियारे में धूल से सनी पत्तियाँ दीवार से चिपटी हुई तितलियों की तरह उड़ने लगती हैं।

गलियारे के सामने लाइब्रेरी की बत्ती जली है। खूँटी से मीनू की शॉल उतारकर मैंने ओढ़ ली। बाहर आई...नंगे पाँव। लाइब्रेरी का दरवाज़ा खुला था। टेबल-लैम्प के हरे शेड के पीछे केशी का चेहरा छिप गया है...सोफ़े पर केवल उसकी टाँगें दिखाई देती हैं। सामने तिपाई पर कोन्याक की बोतल और ख़ाली गिलास पड़े हैं...उनकी छाया हूबहू वैसी ही स्टिल-लाइफ़ की तरह दीवार पर खिंच आई है। बिलकुल चुप, बिलकुल स्थिर।

"तुम अभी सोईं नहीं?"

उसने मुझे देख लिया था। मैं कुछ देर तक चुपचाप देहरी पर खड़ी रही।

"इतनी रात यहाँ क्या कर रहे हो?"

वह सोफ़े पर बैठ गया। उसकी उँगली अभी तक किताब के पन्नों के बीच दबी थी।

"मीनू को पसन्द नहीं है कि मैं उसके कमरे में पियूँ। रात को मैं अक्सर यहाँ आ जाता हूँ।"

"यहीं सोते हो?" मेरा स्वर कुछ ऐसा था कि ख़ुद मुझसे नहीं पहचाना गया।

"कभी-कभी...एनी वे, इट हार्डली मेक्स एनी डिफरेंस, इज़ इट?" उसने धीमे से हँस दिया।

मैं उसकी ओर देखती रही। बाहर अँधेरे में बजरी की सड़क पर... भागती हुई पत्तियों का शोर हो रहा था। कुछ देर तक हम दोनों रात की इन अजीब, ख़ामोश आवाज़ों को सुनते रहे।

"मैं तुम्हारे कमरे तक आया था—फिर सोचा, शायद तुम सो गई हो।"

"कुछ कहना था?"

"बैठ जाओ।"

केशी का चेहरा पत्थर-सा भावहीन और शान्त था। उसमें कुछ भी ऐसा नहीं था, जिसे मैं पढ़ पाती। उसकी छाया आधी ग्रामोफ़ोन पर, आधी दीवार पर पड़ रही है। ग्रामोफ़ोन और किताबों की शेल्फ़ के बीच एक छोटी-सी मेज़ है, जिस पर रिकॉर्डों का बंडल रखा है, जो शायद अभी तक नहीं खोला गया।

"जबलपुर से चिट्ठी आई है?"

केशी ने मेरी ओर नहीं देखा। वह शायद यह भी नहीं जानता कि मैं उसकी ओर देख रही हूँ।

"तुमसे पूछना था, क्या उत्तर दूँ," उसने कहा।

मैं प्रतीक्षा कर रही हूँ—लेकिन केशी चुप है। वह भी शायद प्रतीक्षा कर रहा है।

"तुम्हें क्यों भेजा है?"

"पत्र तुम्हारे लिए है, सिर्फ़ लिफ़ाफ़े पर मेरा नाम है।" केशी ने जेब से एक लिफ़ाफ़ा निकाला और उसे सामने ग्रामोफ़ोन पर रख दिया।

"इसे पढ़ लो।"

लिफ़ाफ़े पर जो हस्तलिपि है, उसे पहचानती हूँ। उसे देखकर जिस व्यक्ति का चेहरा आँखों के सामने घूम जाता है, उसे पहचानती हूँ।

क्या मैं कभी अपने अतीत से छुटकारा नहीं पा सकूँगी? वह हमेशा छाया की तरह पीछे आता रहेगा?

लिफ़ाफ़ा ग्रामोफ़ोन पर रखा है, हम दोनों एक लम्बे पल तक उसे देखते रहते हैं।

"पढ़ोगी नहीं?"

"क्या होगा?"

केशी हताश भाव से मुझे देखता है...मैं जानती हूँ, वह क्या सोच रहा है।

"तुम्हें बुलाया है।"

"जानती हूँ।"

"वह एक बार शैल को देखना चाहते हैं।"

"वह शैल के पिता हैं...जब आकर देखना चाहें, देख लें...अपने संग ले जाना चाहें, ले जाएँ...मैं रोकूँगी नहीं।"

मैं रोकूँगी नहीं...यही मैंने कहा था। केशी निर्विकार भाव से मुझे देखता रहा था।

वह सोफ़े से उठ खड़ा हुआ। मैं अपनी कुर्सी से चिपकी बैठी रहती हूँ। मुझे लगता है, मैं रात-भर इसी कुर्सी पर बैठी रहूँगी, रात-भर केशी खिड़की के पास खड़ा रहेगा।

"रूनी, तुमने सोचा क्या है? ऐसे ही रहोगी?"

मेरी आँखें अनायास उसके चेहरे पर उठ आई थीं। कुछ है मेरे भीतर—जो बहुत निरीह है, बहुत विवश है। केशी उसे नहीं देखता... देखता है, तो भी शायद आँखें मूँदकर। इस क्षण भी वह चुप है। उसकी भावहीन, पथरीली आँखों में कुछ भी ऐसा नहीं है, जिसे मैं ले सकूँ, जो वह मुझे दे सके। मुझे अचानक शर्म आती है—अपने पर, अपनी कमज़ोरी पर...और मैं हँस पड़ती हूँ। मेरी समूची देह बार-बार किसी झटके से हिल उठती है।

"रूनी!"

केशी का मुँह एकदम म्लान-सा हो उठा था। उसका स्वर मुझे अजीब-सा लगा था। मैं हँसते-हँसते सहसा चुप हो गई।

वह धीमे, झिझकते क़दमों से मेरे पास चला आया था। बीच में ग्रामोफ़ोन था, ग्रामोफ़ोन पर लिफ़ाफ़ा रखा था।

"रूनी, मुझे तुमसे कुछ और नहीं कहना है। तुम चाहो, तो अपने कमरे में जा सकती हो।"

मैं कुछ नहीं कहती...मैं सिर्फ़ उसकी क़मीज़ का खुला कॉलर देख रही हूँ, जिसके पीछे उसकी छाती के भूरे बाल बिजली की रोशनी में चमक रहे हैं। दूसरे कमरे से कभी-कभी सोती हुई शैल की साँसें सुनाई दे जाती हैं। उन्हें सुनकर मन फिर स्थिर हो जाता है।

लगता है, उन नरम साँसों की आहट ने कमरे की हवा को बहुत हल्का-सा कर दिया है।

"सुना है, तुम कुछ नये रिकॉर्ड लाए हो?"

"हाँ, सुनोगी?"

"अभी नहीं, शैल सो रही है।"

"हम तुम्हारे होस्टल गए थे।"

"हाँ, मीनू ने कहा था। तुमने कार का हॉर्न बजाया था..."

"तुमने सुना था? तुम नीचे क्यों नहीं आईं? हम पोर्च के बाहर खड़े रहे थे।"

"मैं सो रही थी। मुझे लगा था, मैं सोते हुए सुन रही हूँ।"

कुछ देर तक हम चुप बैठे रहे। मुझे लगा, हम दोनों किसी छोटे से स्टेशन के वेटिंग रूम में बैठे हैं। दोनों चुपचाप अपनी-अपनी ट्रेनों की प्रतीक्षा कर रहे हैं। किन्तु बीच के इन लम्हों को हम अच्छी तरह गुज़ार देना चाहते हैं ताकि बाद में हम दोनों में से किसी को एक-दूसरे के प्रति कोई गिला, कोई शिकायत न रहे।

"यू वांट माइंड रूनी...विल यू?"

किन्तु उसने मेरे उत्तर की प्रतीक्षा नहीं की। मैंने चुपचाप सिर हिला दिया।

गिलास में कोन्याक ढालते हुए उसने मेरी ओर देखा था।

"तुम्हें बुरा तो नहीं लगता रूनी?"

उसका स्वर बहुत धीमा, बहुत कोमल-सा हो आया था।

"मीनू को बुरा लगता है। रात को वह मुझे अपने कमरे में नहीं पीने देती।"

मैं चुपचाप उसकी ओर देखती रहती हूँ। लगता है, इस क्षण भी, जब वह मेरे सामने तिपाई पर झुका हुआ पी रहा है—उसमें कुछ ऐसा है—जिसके केवल होने-भर का आभास होता है, किन्तु जो उँगलियों में आता-आता फिसल जाता है। मैं उसका गोल पीला चेहरा, गालों की चौड़ी, उभरी हुई हड्डियाँ, तनिक गहरी उदास आँखें देख सकती हूँ। सिर के बाल धीरे-धीरे उड़ते जा रहे हैं, जिसके कारण माथा बहुत ऊँचा दिखाई देता है। कुछ चेहरे होते हैं, जो तुरन्त अपना प्रभाव अंकित कर जाते हैं। केशी का चेहरा ऐसा नहीं था। उसमें कुछ भी ऐसा नहीं था, जो दृष्टि को रोक सके, एकाएक स्तम्भित कर सके। वह चेहरा बहुत पुराना है, जिसे देखना नहीं होता, केवल पहचानना होता है। यह अजीब है, किन्तु जब कभी मैं उसके चेहरे को देखती हूँ, मुझे पुराने पत्थरों पर ख़ुदा 'हायरोग्राफ' याद हो आता है...बहुत दूर, किन्तु पहचाना सा...।

"आज शाम मैंने तुम्हें खिड़की से देखा था," उसने कहा।

"कहाँ?"

"तुम अँधेरे लॉन में बैठी थीं...मैंने तुम्हें बँगले में आते देखा था। तुम फाटक के भीतर घुसी थीं। तुम घास पर बैठी रही थीं...और भीतर किसी को मालूम नहीं हुआ था कि तुम होस्टल से आ गई हो...अँधेरे में घास पर बैठी हो। वे सब तुम्हारी राह देखते रहे थे।"

केशी ने अपने गिलास में कुछ और कोन्याक ढाल ली, हालाँकि अभी गिलास ख़ाली नहीं हुआ था। वह मेरी ओर नहीं देख रहा...वह खिड़की से बाहर देख रहा है, मानो मैं अब भी कमरे में न होकर अँधेरे लॉन में बैठी हूँ।

"इन गर्मियों में हम शायद शिमला जाएँगे।"

"हाँ, मीनू ने बताया था।"

"तुम भी हमारे संग चलोगी?"

मैं हँसने लगती हूँ।

फिर हम ख़ामोश हो जाते हैं। बाहर गलियारे में एक छोर से दूसरे छोर तक सूखे पत्ते भाग रहे हैं। हवा से दरवाज़ा कभी खुलता है, कभी बन्द होता है।

"केशी, एक बात पूछूँ?"

"क्या रूनी?"

"तुमने मुझे यह पत्र क्यों दिखाया? क्या तुम सचमुच सोचते थे कि मैं वापस लौट जाऊँगी?"

"यह तुम्हारी इच्छा है, रूनी!"

"और तुम...?" मैं हकलाकर चुप हो जाती हूँ...क्योंकि मैं जानती हूँ, आगे कुछ भी कहना बेकार है।

लगता है, हम दोनों एक ऐसी स्थिति में पहुँच गए हैं, जहाँ शब्दों के कोई अर्थ नहीं रह जाते, जहाँ हम बिना सोचे-समझे एक-दूसरे से झूठ बोल सकते हैं, क्योंकि झूठ कोई मानी नहीं रखता। लगता है, शब्दों का झूठ-सच हमसे नहीं जुड़ा है—वे अपनी ज़िम्मेदारी पर ख़ुद खड़े हैं...।

उस क्षण मुझे पहली बार पता चला था कि जो शब्द हम बोलते हैं, वे कभी-कभी अपने में कितने अकेले हो जाते हैं।

केशी ने धीरे से गिलास उठाया। गिलास के काँच और उसकी उँगलियों के बीच रोशनी का धब्बा कोन्याक पर धीरे-धीरे तिर रहा है।

"तुम यहाँ होस्टल में अकेले कब तक रहोगी?"

मैं धीरे से हँस देती हूँ।

"तुम मेरे बारे में कब से सोचने लगे, केशी?"

कोन्याक पर केशी की आँखें थिर हैं।...माथे पर पसीने की हल्की-सी झाईं उभर आई है। उसके होंठ गिलास से चिपके हैं...वह पी नहीं रहा।

वह पी नहीं रहा और मैं चुप बैठी हूँ और मुझे लगा कि मुझे कुर्सी से उठ जाना चाहिए और अपने कमरे में चला जाना चाहिए, फिर भी मैं बैठी रही और मैं कुछ भी नहीं सोच रही थी—और मुझे ज़रा अजीब-सा लगा था कि मीनू अपने कमरे में सो रही है और इतनी रात गए मैं केशी के कमरे में बैठी हूँ और दूसरे कमरे में शैल है जो कल सुबह मुझे अपने बिस्तर के पास देखकर हैरान हो जाएगी और मुझे धीरे-धीरे बहुत ढेर-सी ख़ुशी हो रही है कि कल शाम को मैं वापस अपने होस्टल लौट जाऊँगी... वहाँ मिसेज़ हैरी हैं, मेरा अकेला कमरा है...निखिल है...ये सब इस बँगले की परिधि से बाहर हैं, केशी के ग्रामोफ़ोन से, ग्रामोफ़ोन पर रखे लिफ़ाफ़े से बाहर हैं...वे मेरा अतीत नहीं जानते, और मुझसे कभी कोई ऐसा प्रश्न नहीं पूछते, जिसका कोई उत्तर नहीं है...मेरे पास नहीं है।

निखिल...केशी से कितना अलग है! निखिल का सम्बन्ध बहुत-सी चीज़ों से है...यदि हम उन्हें समझ लें तो निखिल को जानना सहज है। केशी निखिल नहीं है—उसके डिज़ाइन, उसके रिकॉर्ड, सब उससे अलग हैं; उसे समझने के लिए केवल उसके पास ही जाया जा सकता है, और वह चुप है...।

मैंने एक बार केशी से पूछा था कि वह आर्किटेक्ट है, उसे क्लासिकल म्यूज़िक से इतना लगाव कैसे उत्पन्न हो गया?

"देयर इज़ स्पेस़," उसने बहुत धीरे से अंग्रेज़ी में कहा था।

"स्पेस?" मैं आश्चर्य से उसकी ओर देखती रही थी।

"हाँ, स्पेस...दोनों ही अपने-अपने ढंग से उसे छूते हैं।"

उस क्षण उसके होंठों पर झिझकती-सी मुस्कराहट सिमट आई थी।

मैंने उसकी आँखों में वह अजीब-सी दूरी देखी थी, जो उस बूढ़े अंग्रेज़ की आँखों में थी, जिसने हमें सिमिट्री के भीतर जाने से रोक लिया था। तब मैं बहुत छोटी थी। एक शाम अपने नौकर के संग सैर करती हुई शिमले में संजौली की सिमिट्री तक चली गई थी।

चारों तरफ़ पहाड़ियाँ थीं, बड़े-बड़े पत्थर थे, पत्थरों के बीच उगती लम्बी घास थी। हम क़ब्रों को देखना चाहते थे, लेकिन सिमिट्री का फाटक बन्द था। कुछ देर बाद एक बूढ़ा अंग्रेज़ हमारे पास आया था। उसने हमसे पूछा था कि हम वहाँ—सिमिट्री के सामने—क्यों खड़े हैं। 'इसका फाटक क्यों बन्द है?' मैंने पूछा था।

'हमेशा बन्द रहता है।' उस अंग्रेज़ ने हँसते हुए कहा था, 'सो देट द डेड मे लाइ इन पीस।'

आज बरसों बाद भी मैं उस बात को भूली नहीं हूँ...आज भी जब कभी केशी 'स्पेस' की बात कहता है, तो उसकी आँखों में वही अलंघ्य, अपरिचित दूरी का-सा भाव घिर आता है, जो बरसों पहले मैंने उस अंग्रेज़ की आँखों में देखा था और मुझे लगता है कि सामने बन्द फाटक है, जो कभी कोई नहीं खोलेगा, क़ब्रें हैं, पहाड़ी हवा है और पत्थरों के बीच लम्बी घास है, जो हवा में काँपती है, धीरे-धीरे मेरे कानों में कह रही है—लेट द डेड लाइ इन पीस...!

गलियारा पार करके मैं अपने कमरे में लौट आई थी...अपने बिस्तर पर लेटी रही थी। न जाने कितने मिनट गुज़र गए। देर तक लॉन में झींगुरों का स्वर सुनाई देता रहा। परदे के रिंग चाँदनी में बड़े-बड़े छल्लों से चमक रहे हैं, और जब हवा चलती है, तो धीरे से खनखना उठते हैं।

केशी के कमरे की बत्ती का आलोक अधखुले दरवाज़े से निकलकर मेरे संग-संग भीतर चला आया है। बँगले के परे, लॉन के परे पहाड़ी का मौन है...इस समय भी वहाँ चाँदनी फैली होगी...झाड़ियों पर, पुराने पत्थरों पर...कोई नहीं जानेगा। कोई नहीं जानेगा कि कहाँ टीलों और

सदियों पुरानी चट्टानों के बीच बेर की एक झाड़ी है...पिछले साल उस झाड़ी के पीछे मैंने मीनू से कुछ कहा था, वे शब्द आज भी कहीं कच्चे बेरों के संग पड़े होंगे।

आधी रात को सहसा मेरी आँख खुल गई थी। शायद खिड़की के सामने झूले की रस्सी की परछाईं को देखकर मैं डर गई थी। रज़ाई उठाने के लिए मैंने अपना हाथ आगे बढ़ाया था...क्षण-भर के लिए मेरे हाथ कमरे के अँधेरे में फैले रहे थे। मैं एकाएक आतंकित-सी हो उठी थी; मुझे लगा था, जैसे मेरी टाँगें एकदम बर्फ़-सी ठंडी हो गई हैं। मैंने शैल के बिस्तर की ओर देखा...वह सो रही थी, उसका आधा चेहरा कम्बल में छिपा था, आधे चेहरे पर फीकी-सी चाँदनी सरक आई थी।

मैं बिस्तर से उतरकर कमरे की देहरी तक चली आई...गलियारे में निपट अँधेरा था। लाइब्रेरी की बत्ती गुल हो गई थी, लेकिन दरवाज़ा खुला था...।

मैं देहरी पर खड़ी रही।

एक आवाज़ है—आवाज़ भी नहीं, केवल एक प्रभाव है। जो टूट रहा है, जितना टूट रहा है, उतना ही ऊपर उठ रहा है...हवा से भी पतली एक चमकीली झाईं...धीमे, बहुत धीमे, एक उखड़ी, बहकी हुई साँस की मानिन्द मेरे पास चली आती है। चली आती है, और उसे कोई नहीं रोकता, जैसे वह अपना दबाव ख़ुद है। ख़ुद अपने दबाव के नीचे खिंच रही है। लगता है, जैसे हवा स्वयं एक घूमते हुए घेरे के भीतर आ गई हो, भूल से फँस गई हो और उड़ने के लिए, उस घेरे से मुक्ति पाने के लिए अपने पंख फड़फड़ा रही हो!

'केशी'—मैंने धीरे से कहा। 'केशी'—मैं अँधेरे में खड़ी रही—देहरी पर। मुझे लगता है, जैसे मेरे भीतर बादल का एक श्यामल टुकड़ा आ समाया है—वह बूँद-बूँद टपक रहा है। मैं उसके नीचे खड़ी हूँ और भीग रही हूँ...देर तक भीगती रही हूँ।

शायद कोई 'लांग-प्लेइंग रिकॉर्ड' रहा होगा—क्योंकि जब तक मैं सो नहीं गई, वह बजता रहा था। आज केशी नये रिकॉर्ड लाया है—जब तक वह सब नहीं बजा लेगा, तब तक उसे शान्ति नहीं मिलेगी।

मैं करवट बदलकर लेट जाती हूँ—मैंने अपना एक हाथ शैल के तकिये के नीचे रख दिया है और मैं धीरे-धीरे उसके पास खिसक आती हूँ। मैं चाहती हूँ कि उसकी देह की गरमाई अपने में खींच लूँ।

चाँदनी का एक चौकोर, बित्ते-भर का टुकड़ा केशी की किताब पर पड़ रहा है : 'स्पेस, टाइम एंड आर्किटेक्चर'। मैं देर तक अँधेरे में उस टाइटल को देखती रहती हूँ। फिर पलकें झुक जाती हैं...सोने से पहले केवल एक धुँधला-सा विचार बह आता है...।

कल हम सब पिकनिक करने पहाड़ी पर जाएँगे...।

पिता और प्रेमी

वह ट्राम में चढ़नेवाला था कि उसे अपना नाम सुनाई दिया। नाम किसी दूसरे का भी हो सकता था, लेकिन आवाज़ कुछ पहचानी-सी थी। वह चलती ट्राम से उतर गया और पीछे मुड़कर देखा, जहाँ से आवाज़ आई थी।

लेकिन आवाज़ को देखा नहीं जा सकता...बीच में लोगों के सिर थे, हवा थी, बीता हुआ समय था। वे अक्तूबर के दिन थे जब रोशनी सूखने लगती है और शहर का धुआँ आकाश में न उड़कर छतों पर मँडराता रहता है।

उसने तब उस आवाज़ को दोबारा सुना। इस बार अपना पूरा नाम नहीं, सिर्फ़ छोटा, बिगड़ा हुआ नाम, जो उसने अरसे बाद सुना था। वह ठिठक गया।

पूरे नाम दूसरों के भी होते हैं, ख़ास बिगड़े हुए छोटे नाम सिर्फ़ हमारे होते हैं और उन्हें सुनकर सहसा हम आवाज़ के मालिक को पहचान लेते हैं।

वह दूसरे ट्राम-स्टैंड पर खड़ी थी और बार-बार हाथ हिलाकर उसे बुला रही थी। उसने उसे भागती भीड़ के रेले में देख लिया था। वह सड़क पार करने लगा। लड़की ने सोचा, उसने उसे नहीं देखा और वह भी सड़क पार करने लगी।

बीच में बीता हुआ समय था, हवा थी...लेकिन यह मैं पहले ही कह चुका हूँ। वे बीच सड़क पर आकर मिल गए और चूँकि बीच सड़क पर खड़े रहना ख़तरनाक था, लड़की उसका हाथ घसीटकर अपने ट्राम-स्टैंड की ओर दौड़ने लगी।

"तुम यहाँ कैसे?" लड़की ने हाँफते हुए पूछा।

"और तुम?"

वे सौभाग्यशाली थे कि उसी समय ट्राम उनके सामने से गुज़र गई और शुरू के अटपटे शब्द उसके धड़धड़ाते पहियों के नीचे खो गए।

उसने उसका हाथ छोड़ दिया। उस स्पर्श में एक पुरानी पहचान जीवित थी, हाथ हटा लेने के बाद वह सहसा मर गई।

वह एक छोटी-सी मृत्यु थी—तुम हाथ दबाते हो और लगता है, वह पहचान मर गई है, जिसे तुम वर्षों पहले जानते थे।

"मैंने सोचा, तुम चले गए हो?" भूरे बालोंवाली लड़की ने कहा।

"कुछ दिन पहले ही लौटा हूँ..." उसने कहा।

"घर कैसा था?"

"ठीक," उसने कहा, "और तुम?"

वह धीरे से हँस दी।

"मैं भी ठीक हूँ," उसने कहा, "ज़रा ठहरो, मैं अभी आती हूँ।"

वह फ़ुटपाथ पर खड़ा उसे देखता रहा। भूरे बालोंवाली लड़की ट्राम-शेड के पास गई जो भीड़ के झमेले में छिप गया था। एक क्षण के लिए उसे लगा, जैसे वह स्वयं भीड़ में खो गई है...।

किन्तु दो मिनट बाद ही वह बाहर आती दिखाई दी। इस बार वह अकेली नहीं थी। उसके आगे एक पैरेम्बुलेटर था और उसने दोनों हाथों से उसका हैंडिल पकड़ रखा था।

उसने तनिक विस्मय से लड़की की ओर देखा...। उसने कभी कल्पना नहीं की थी कि वह कभी उसे पैरेम्बुलेटर के साथ देखेगा। वह असमंजस में खड़ा रहा।

"तुम कुछ हैरान से दीख रहे हो?" उसने अबोध दृष्टि से उसकी ओर देखा।

"तुमने मुझे बताया नहीं..." उसने मुस्कराने की चेष्टा की।

"जब मैंने तुम्हें देखा, तो जल्दी में इसे शेड के नीचे छोड़ आई थी," लड़की ने कहा। उसके भूरे बाल अक्तूबर की मैली धूप में चमक रहे थे।

"ज़रा भीतर झाँककर देखो," लड़की ने कहा।

वह थोड़ा-सा झिझका। "डरो नहीं," लड़की ने मुस्कराकर उसका सिर नीचे की तरफ़ धकेल दिया और पैरेम्बुलेटर का हुड ऊपर उठा दिया।

कम्बल और गद्दों की साफ़-सुथरी गठरी पर दो नीली आँखें टुकुर-टुकुर उसे निहार रही थीं। उसका सन्देह वापस लौट आया—एक छोटी उम्मीद के साथ।

"तुम्हारा है?" उसने पूछा, जैसे उसके कोट या पर्स के बारे में पूछ रहा हो।

"तुम्हें शक़ है?" लड़की ने उसकी ओर देखा।

"नहीं...अब नहीं," उसने कहा।

"जब तुम यहाँ थे, तब यह नहीं था।"

लड़की ने 'यह' कुछ इतने धुँधलेपन के साथ कहा, मानो उसे सन्देह बच्चे पर हो, उसकी माँ पर नहीं।

सन्देह का अपना 'सी-सॉ' होता है—एक खेल की तरह। जब तुम ऊपर होते हो, वह नीचे दबा रहता है, किन्तु तुम्हारे नीचे जाते ही वह ऊपर चला आता है...तुम्हें चिढ़ाता हुआ।

लड़की धीरे से हँस पड़ी।

"मुझे नहीं मालूम था, हम दोबारा मिलेंगे...इस तरह!"

बच्चा चौंक गया। शायद माँ की हँसी सुनकर...क्योंकि उसने कभी उसे इस ढंग से हँसते नहीं देखा था। बहुत कम उम्र में भी बच्चे शायद अपनी माँ के प्रेमियों को भाँप जाते हैं...प्रेमियों को देखकर नहीं, उनके प्रति अपनी माँ का रुख़ देखकर।

"तुम कहाँ जा रही थीं?"

"अस्पताल...हर महीने इसे अस्पताल लाना पड़ता है," भूरे बालोंवाली लड़की ने कहा।

"कोई बीमारी है?" उसने सहानुभूति का बहाना किया।

"बीमारी कुछ नहीं...सिर्फ़ कंट्रोल के लिए लाना पड़ता है। वे सिर्फ़ यह देखेंगे कि कोई बीमारी तो नहीं है," उसने उसे दिलासा देते हुए कहा, जैसे सचमुच उसकी सहानुभूति ने उसे छू दिया हो!

वे भीड़ से बाहर निकल आए। पैरेम्बुलेटर नये फ़ैशन का था—इतना ऊँचा कि झुककर उसे खींचना न पड़े, और चूँकि लड़की का क़द ठिंगना-सा था, ऊँचे हैंडिल के पीछे वह बहुत छोटी-सी दीखती थी। किन्तु चेहरा वैसा ही था, जैसा उसे याद था। भूरे, झूलते हुए बाल, चौड़ा माथा, पूरी बाँहों का हरा स्वेटर...सिर्फ़ आँखें कुछ कम बेचैन थीं, कुछ ज़्यादा ही आश्वस्त, जैसे समय ने उन्हें थिर कर दिया हो। बाक़ी महज़ देह थी जिसे वह पहचानता था, किन्तु कपड़ों में लिपटी हुई वह शायद वैसी देह नहीं थी जो कभी एक ख़ास छुअन के इशारे पर जग जाती थी। एक लम्हे के लिए उसे लालच हुआ कि हैंडिल पर दबी उसकी उँगलियों को दबाकर देखे, क्या पुराना जादू अब भी लौटकर आता है?

लेकिन जो चीज़ लौटी, वह अक्तूबर की हवा थी, बच्चे की टोपी से खेलती हुई, जिस पर जामुनी रंग के छल्ले काढ़े गए थे।

ट्राम-स्टैंड पीछे छूट गया था। वे पेड़ों के नीचे चल रहे थे।

"क्या उम्र है?" उसने पूछा।

"अगले महीने दस महीने का होगा," भूरे बालोंवाली लड़की ने कहा।

"क्या नाम है?"

"तुम तो पुलिस की तरह जिरह कर रहे हो," लड़की ने हँसते हुए कहा।

वह चुप हो गया। लड़की के बालों पर पेड़ों की छायाएँ फिसल जाती थीं।

"मैंने तुम्हें एक बार फ़ोन किया था...उन्होंने बताया कि तुमने वह घर छोड़ दिया।"

"इसके साथ मैं वहाँ नहीं रह सकती थी," भूरे बालोंवाली लड़की ने कहा, "वे इजाज़त नहीं देते थे।"

उसे हल्का-सा कौतूहल हुआ...फिर उसे जिरह की बात याद आई और उसने अगले प्रश्न को टाल दिया।

"तुम अभी अस्पताल जाना चाहती हो?"

"नहीं...क्यों?" लड़की ने उसकी ओर देखा।

"सुनो," उसने कहा, "यहाँ पास ही एक काफ़े है, कुछ देर के लिए हम बैठ सकते हैं।"

वह निमंत्रण नहीं था, एक मूक प्रार्थना-सी थी, पुराने किसी समय में पवित्र रहे शब्दों को दुहराती-सी।

"लेकिन," लड़की ने तनिक कौतूहल से उसकी ओर देखा, "इसे कहाँ छोड़ेंगे?"

वह ठिठका-सा खड़ा रहा। भूल गया था कि पैरेम्बुलेटर किसी भी हालत में काफ़े के भीतर नहीं जा सकता।

लड़की से मिलने के बाद वह पहली बार हँसा था।

"यहाँ एक पार्क है," लड़की ने एक बार फिर धीरज बँधाते हुए कहा, "मैं इसे लेकर वहीं जाया करती हूँ।"

वह एक रूखे क़िस्म का पार्क था...घास बहुत कम थी, जो थोड़ी-बहुत थी, उसका रंग उड़ गया था। पेड़ नंगे थे, नंगे पेड़ों की तरह। चारों तरफ़ भूरी ईंटों की दीवार थी, जिस पर सिनेमा और थिएटर के इश्तहार चिपके थे।

"तुम इसे आगे से पकड़ो...मैं पीछे से उठाती हूँ," लड़की ने कहा।

सीढ़ियाँ उतरकर नीचे पार्क में जाना पड़ता था। उसने अपना चमड़े का बैग बच्चे के पैरों पर थमा दिया। लड़की ने हैंडिल पकड़ रखा था। उसने पैरेम्बुलेटर का अगला हिस्सा उठा लिया। एक डोली की तरह उठाकर वे उसे सीढ़ियों के नीचे ले आए।

बच्चा एक छोटे सिगार की तरह चूसनी को मुँह में दबाए लेटा था।

"इसे यहाँ सर्दी तो नहीं लगेगी?"

"इसे कुछ भी नहीं लगेगा," लड़की ने कहा, "जब बर्फ़ गिर रही होती है, तो भी मैं इसे बाहर ले आती हूँ।"

उसने पैरेम्बुलेटर का हुड ऊपर उठा दिया—धूप को रास्ता देने के लिए। किन्तु धूप वहाँ नहीं थी। उसकी जगह ठंडी, मैली सफ़ेदी फैली थी जो कभी चमक जाती थी, कभी बुझ जाती थी।

उसे यह सोचकर विस्मय हुआ कि इतने दिन साथ रहे थे, लेकिन कभी किसी खुले पार्क में नहीं बैठे थे। वे हमेशा जल्दी में रहते थे... बार, रेस्तराँ और फिर उसका घर। उसके कमरे का दरवाज़ा खटखटाते

हुए उसे हमेशा भय लगा रहता था कि वह कहीं किसी दूसरे के साथ न हो। उन दिनों दूसरे बहुत थे, किन्तु जब वह उसके साथ होता था तो अकेला उसके साथ होता था और यह उसे बहुत बड़ी चीज़ लगती थी।

"आड़ू खाओगे?" उसने पूछा।

"इस मौसम में?" उसने तनिक विस्मय से उसकी ओर देखा।

"घर से आए हैं...जब से यह हुआ है, माँ हमेशा गाँव से कोई-न-कोई चीज़ भिजवाती रहती हैं।" उसने अपने चौड़े पर्स में से दो बड़े-बड़े आड़ू निकालकर उसके सामने रख दिये।

वे खाने लगे। बच्चा अलसाई आँखों से अक्तूबर के हल्के बादलों को देख रहा था।

"कैसा लगा तुम्हें?" लड़की ने कुछ देर बाद पूछा।

"आड़ू?" उसने उसकी ओर देखा।

"नहीं..." लड़की ने कहा, "मेरा मतलब बच्चे से था।"

"तुम्हारे-जैसा है," उसने कहा।

"शक्ल में?"

"नहीं...बाहर के शौक़ में।"

लड़की हँस पड़ी। महीन, पतली-सी धूप बादलों से निकल आई थी—उसकी हँसी की तरह।

पार्क के कोने से खेलते बच्चों की आवाज़ें सुनाई दे जाती थीं। पीछे शहर का शोर था, कमज़ोर और धीमा। हवा चलने से थिएटर और सिनेमा के इश्तहार फड़फड़ाने लगते थे।

"अब तुम दुकान नहीं जातीं?"

"मैंने वह नौकरी छोड़ दी...बहुत पहले से।"

"क्यों?"

"इसे घर में अकेला छोड़कर कहीं भी जाना नामुमकिन है।" लड़की ने उड़ते हुए बालों को समेट लिया। "मैंने माँ को यहाँ आने के लिए लिखा था, लेकिन शहर में उनका जी नहीं लगता।"

"लेकिन फिर तुम..." उसने झिझकते हुए भूरे बालोंवाली लड़की की ओर देखा।

"मैं अकेली ही रहती हूँ..." लड़की का स्वर बहुत सहज था—ज़रूरत से ज़्यादा सहज।

"मैं उन्हें जानता हूँ?"

"नहीं," इस बार लड़की ने हँसकर कहा, "मुझे डर है, तुम नहीं जानते। तुम्हारे जाने के बाद मैं उनसे मिली थी।"

उसकी आँखों में अजीब-सी तसल्ली थी, जैसे इस बात को कहकर उसने स्वयं उसे तसल्ली दी हो।

सन्देह अब भी था, लेकिन ईर्ष्या की डोर से कटा हुआ—एक पतंग की तरह अवश, हवा में डगमगाता-सा। उसे हल्की-सी ख़ुशी हुई कि जाने-पहचाने व्यक्तियों में कोई भी बच्चे का पिता नहीं है। ईर्ष्या शायद उस आदमी से अधिक नहीं होती जो अजनबी हो।

"तुम्हें कुछ हैरानी है?" लड़की ने उसके कन्धे पर हाथ रखा।

"नहीं..." उसे अजीब-सी दुविधा हुई...शायद उसे मुक्ति दिलाने के लिए ही बच्चा रो पड़ा।

लड़की ने बेंच से उठकर उसे धीरे से थपथपाया, कम्बल को क़रीने से उसकी नन्ही देह के इर्द-गिर्द लपेट दिया। रोने के कारण जो चूसनी बाहर निकल आई थी, उसे फिर उसके मुँह में दबा दिया।

गालों पर ढुलके आँसू हवा में सूख रहे थे। लड़की उठी, तो फिर दोबारा बेंच पर नहीं बैठी। वह अपने कोट को पीछे से झाड़ रही थी।

"चलना चाहिए," उसने पैरेम्बुलेटर के हैंडिल को पकड़कर कहा।

वह अब भी बेंच पर बैठा था...आँखें लड़की के स्वेटर पर टिकी थीं।

"और बैठोगे?" लड़की ने पूछा।

"तुम्हें अब भी हरा रंग बहुत पसन्द है?" लड़की ने अपने स्वेटर की ओर देखा; बीच का अन्तराल एक छोटी-सी मुस्कराहट में सिमट आया।

"मैंने सोचा था, तुम भूल चुके होगे," उसने कहा।

बच्चे ने ऊबी-सी साँस ली। रोने के बाद आँखें झपकने लगी थीं।

वे फिर पार्क की सीढ़ियों के पास चले आए। पैरेम्बुलेटर को जिस तरह नीचे उतारा था, उसी तरह से उसे ऊपर ले आए।

पार्क की सूखी घास पर आड़ुओं की गुठलियाँ चमक रही थीं। साफ़ और नंगी और—बहुत साफ़।

हर दिन का अपना आलोक होता है—देह की स्मृति की तरह। अन्त और शुरू में लगभग एक-जैसा ही—अँधेरे के छोर को छूता हुआ।

वे ट्राम-स्टैंड पर आकर खड़े हो गए। लड़की को दो स्टेशनों के बाद उतरना था। कुछ दूर तक वे दोनों एक ही ट्राम में जा सकते थे।

"तुम्हें जल्दी तो नहीं है?" लड़की ने पूछा।

"नहीं..." उसने कहा, "कहो तो तुम्हारे साथ अस्पताल तक चला आता हूँ। मुझे कुछ काम नहीं है।"

"इसकी कोई ज़रूरत नहीं।" लड़की ने कुछ अजीब भोलेपन से उसकी ओर देखा, "मुझे इसके साथ अकेला नहीं लगता।"

समय बीतने लगा। उसे लगा, जैसे वे दोनों किसी की प्रतीक्षा कर रहे हों। किसी चीज़ के आने की या किसी चीज़ के जाने की। पुराने दिनों की यह आदत शायद अब भी बची रह गई थी। वे चाहना के दिन थे। प्रतीक्षा अब भी थी...एक-दूसरे के लिए नहीं। एक-दूसरे के साथ, चाहना से मुक्त, ख़ाली।

जब ट्राम आई, लोगों ने उन्हें भीतर जाने के लिए रास्ता छोड़ दिया। पैरेम्बुलेटर को उठाकर वे भीतर ले आए। दो केबिनों के बीच ख़ाली जगह थी, वहीं उन्होंने उसे टिका दिया।

"तुम भीतर बैठ जाओ," उसने कहा, "मैं इसके साथ बाहर खड़ा रहूँगा।"

ट्राम में खड़े लोगों ने उसकी ओर देखा। वह पैरेम्बुलेटर का हैंडिल पकड़कर खड़ा था। भूरे बालोंवाली लड़की भीतर केबिन में बैठ गई थी।

लोगों की आँखें कभी उस पर उठती थीं, कभी बच्चे पर।

"कितनी उम्र है?" भीड़ में खड़ी एक अधेड़ स्त्री ने बच्चे के सिर को सहलाते हुए पूछा।

"अगले महीने दस महीने का होगा," उसने कहा।

स्त्री उसकी ओर देखकर मुस्कराने लगी...फिर उसे ज़रा ख़ुश करने के लिए कहा, "बिलकुल बाप की शक्ल पर गया है।"

आस-पास खड़े लोग भी मुस्कराने लगे। वह ट्राम की खिड़की के बाहर देखने लगा। बाहर अक्तूबर की पतझड़ी दोपहर थी, जब रोशनी सूखने लगती है और शहर का धुआँ आकाश में न उड़कर छतों पर मँडराता रहता है।

डेढ़ इंच ऊपर

...अगर आप चाहें तो इस मेज़ पर आ सकते हैं। जगह काफ़ी है। आख़िर एक आदमी को कितनी जगह चाहिए? नहीं...नहीं...मुझे कोई तकलीफ़ नहीं होगी। बेशक, अगर आप चाहें, तो चुप रह सकते हैं। मैं ख़ुद चुप रहना पसन्द करता हूँ...आदमी बात कर सकता है और चुप रह सकता है, एक ही वक़्त में। इसे बहुत कम लोग समझते हैं। मैं बरसों से यह करता आ रहा हूँ। बेशक आप नहीं...आप अभी जवान हैं। आपकी उम्र में चुप रहने का मतलब है चुप रहना और बात करने का मतलब है बात करना। दोनों बातें एक साथ नहीं हो सकतीं।

आप छोटे मग से पी रहे हैं? आपको शायद अभी लत नहीं पड़ी। मैं आपको देखते ही पहचान गया था कि आप इस जगह के नहीं हैं। इस घड़ी यहाँ जो लोग आते हैं, उन सबको मैं पहचानता हूँ। उनसे आप कोई बात नहीं कर सकते। उन्होंने पहले से ही बहुत पी रखी होती है। वे यहाँ आते हैं, अपनी आख़िरी बियर के लिए—दूसरे पब बन्द हो जाते हैं

और वे कहीं और नहीं जा सकते। वे बहुत जल्दी ख़त्म हो जाते हैं। मेज़ पर। बाहर सड़क पर। ट्राम में। कई बार मुझे उन्हें उठाकर उनके घर पहुँचाना पड़ता है बेशक, अगले दिन वे मुझे पहचानते भी नहीं।

आप ग़लत न समझें। मेरा इशारा आपकी तरफ़ नहीं था। आपको मैंने यहाँ पहली बार देखा है। आप आकर चुपचाप अलग मेज़ पर बैठ गए। मुझे यह बुरा-सा लगा। नहीं, आप घबराइए नहीं...मैं अपने को आप पर थोपूँगा नहीं। हम एक-दूसरे के साथ बैठकर भी अपनी-अपनी बियर पर अकेले रह सकते हैं। मेरी उम्र में यह ज़रा मुश्किल है, क्योंकि हर बूढ़ा आदमी थोड़ा-बहुत डरा हुआ होता है...धीरे-धीरे गरिमा के साथ बूढ़ा होना बहुत बड़ा 'ग्रेस' है, हर आदमी के बस का नहीं। वह अपने-आप नहीं आता, बूढ़ा होना एक कला है, जिसे काफ़ी मेहनत से सीखना पड़ता है।

क्या कहा आपने? मेरी उम्र? ज़रा अन्दाज़ा तो लगाइए! अरे नहीं साहब—आप मुझे नाहक ख़ुश करने की कोशिश कर रहे हैं। यों आपने मुझे ख़ुश ज़रूर कर दिया है और अगर अपनी इस ख़ुशी को मनाने के लिए मैं एक बियर और लूँ, तो आपको कोई एतराज़ तो नहीं होगा? और आप? आप नहीं लेंगे? नहीं...मैं ज़िद नहीं करूँगा। हर आदमी को अपनी ज़िन्दगी और अपनी शराब चुनने की आजादी होनी चाहिए...दोनों को सिर्फ़ एक बार चुना जा सकता है बाद में हम सिर्फ़ उसे दोहराते रहते हैं, जो एक बार पी चुके हैं, या एक बार जी चुके हैं।

आप दूसरी ज़िन्दगी को मानते हैं? मेरा मतलब है, मौत के बाद भी? उम्मीद है, आप मुझे यह घिसा-पिटा जवाब नहीं देंगे कि आप किसी धर्म में विश्वास नहीं करते। मैं ख़ुद कैथोलिक हूँ, लेकिन मुझे आप लोगों का यह विश्वास बेहद दिलचस्प लगता है कि मौत के बाद भी आदमी पूरी तरह से मर नहीं जाता...हम पहले एक ज़िन्दगी पूरी करते हैं, फिर दूसरी, फिर तीसरी। अक्सर रात के समय मैं इस समस्या के बारे में सोचता हूँ...आप जानते हैं, मेरी उम्र में नींद आसानी से नहीं आती।

नींद के लिए छटाँक-भर लापरवाही चाहिए, आधा छटाँक थकान। अगर आपके पास दोनों चीज़ें नहीं हैं, तो आप उसका मुआवज़ा डेढ़ छटाँक बियर पीकर कर सकते हैं...इसीलिए मैं हर रोज़ आधी रात के वक़्त यहाँ चला आता हूँ, पिछले पन्द्रह वर्षों से लगातार। मैं थोड़ा-बहुत सोता ज़रूर हूँ, लेकिन तीन बजे के आस-पास मेरी नींद टूट जाती है...उसके बाद मैं घर में अकेला नहीं रह सकता। रात के तीन बजे...यह भयानक घड़ी है। मैं तो आपको अनुभव से कहता हूँ। दो बजे लगता है, अभी रात है और चार बजे सुबह होने लगती है, लेकिन तीन बजे आपको लगता है कि आप न इधर हैं, न उधर। मुझे हमेशा लगता है कि मृत्यु आने की कोई घड़ी है, तो यही घड़ी है।

क्या कहा आपने? नहीं जनाब, मैं बिलकुल अकेला नहीं रहता। आप जानते हैं, पेंशनयाफ़्ता लोगों के अपने शौक़ होते हैं। मेरे पास एक बिल्ली है—बरसों से मेरे पास रह रही है। अब ज़रा देखिए, मैं यहाँ बियर पीते हुए आपसे लम्बी-चौड़ी बातें कर रहा हूँ, उधर वह मेरे इन्तज़ार में दरवाज़े पर बैठी होगी। आपके बारे में मुझे मालूम नहीं, लेकिन मुझे यह ख़याल काफ़ी तसल्ली देता है कि कोई मेरे इन्तज़ार में बाहर सड़क पर आँखें लगाए बैठा है। मैं ऐसे लोगों की कल्पना नहीं कर सकता जिनका इन्तज़ार कोई नहीं कर रहा हो या जो ख़ुद किसी का इन्तज़ार नहीं कर रहे हों। जिस क्षण आप इन्तज़ार करना छोड़ देते हैं, उस क्षण आप जीना भी छोड़ देते हैं।

बिल्लियाँ काफ़ी देर तक और बहुत सब्र के साथ इन्तज़ार कर सकती हैं। इस लिहाज़ से वे औरतों की तरह हैं। लेकिन सिर्फ़ इस लिहाज से नहीं—औरतों की ही तरह उनमें अपनी तरफ़ खींचने और आकर्षित करने की असाधारण ताक़त रहती है। डर और मोह दोनों ही—हम अकेले में उन्हें देखकर बँधे-लुटे-से खड़े रहते हैं। यों डर आपको कुत्तों या दूसरे जानवरों से भी लगता होगा। लेकिन वह निचले दर्जे का डर है।

आप एक ओर किनारा करके चले जाते हैं, कुत्ता दूसरी ओर किनारा करके चला जाता है। उसे डर लगा रहता है कि कहीं आप उस पर बेईमानी न कर बैठें और आप इसलिए सहमे से रहते हैं कि कहीं वह आँख बचाकर आप पर न झपट पड़े। लेकिन उस डर में कोई रहस्य, कोई रोमांच, कोई सम्भावना नहीं है...जैसी अक्सर बिल्ली या साँप को देखने से उत्पन्न होती है। सच बात यह है...और यह मैं अनुभव से कह रहा हूँ कि बिल्ली को औरतों की तरह आप आख़िर तक सही-सही नहीं पहचान सकते, चाहे आप उसके साथ वर्षों से ही क्यों न रह रहे हों। इसलिए नहीं कि वे ख़ुद जान-बूझकर कोई चीज़ छिपाए रखती हैं, बल्कि ख़ुद आपमें ही इतना हौसला नहीं रहता कि आप आख़िर तक उनके भीतर लगे दरवाज़ों को खोल सकें।

आपको यह बात ज़रा अजीब नहीं लगती कि ज़्यादातर हमें वही चीज़ें अपनी तरफ़ खींचती हैं, जिनमें थोड़ा-सा आतंक छिपा रहता है? अगर आप बुरा न मानें तो मैं एक बियर और लूँगा। कुछ देर में यह पब बन्द हो जाएगा और फिर सारे शहर में सुबह तक एक बूँद भी दिखाई नहीं देगी। आप डरिए नहीं...मैं पीने की अपनी सीमा जनता हूँ...आदमी को ज़मीन से क़रीब डेढ़ इंच ऊपर उठ जाना चाहिए। इससे ज़्यादा नहीं, वरना वह ऊपर उठता जाएगा और फिर इस उड़ान का अन्त होगा पुलिस-स्टेशन में या किसी नाली में...जो ज़्यादा दिलचस्प चीज़ नहीं। लेकिन कुछ लोग डर के मारे ज़मीन पर ही पाँव जमाए रहते हैं। ऐसे लोगों के लिए पीना-न पीना बराबर है।

जी हाँ—सही फ़ासला है डेढ़ इंच। इतनी चेतना अवश्य रहनी चाहिए कि आप अपनी चेतना को माचिस की तीली की तरह बुझते हुए देख सकें...जब लौ उँगलियों के पास सरक आए तो उसे छोड़ देना चाहिए। उससे पहले नहीं, न बाद में ही। कब तक पकड़े रहना और कब छोड़ना चाहिए, पीने का रहस्य इस पहचान में छिपा है। मुश्किल यह है,

हम उस समय तक नहीं पहचान पाते, जब तक डेढ़ इंच से ऊपर नहीं उठ जाते...और फिर वह किसी काम का नहीं। शायद यह बात सुनकर आप हँसेंगे कि पहचान तभी आती है, जब हम पहचान के परे चले जाते हैं। मुझे बुरा नहीं लगेगा अगर आप हँसकर मेरी बात को टाल दें...मैं ख़ुद कभी-कभी कोशिश करता हूँ कि इस आशा के साथ रहना सीख लूँ कि कई चीज़ों को न जानना ही अपने को सुरक्षित रखने का रास्ता है। आप रफ़्ता-रफ़्ता इस आशा के साथ रहना सीख लेते हैं...जैसे आप अपनी पत्नी के साथ रहना सीख लेते हैं—एक ही घर में बरसों तक... हालाँकि एक संशय बना रहता है कि वह भी आपका खेल खेल रही है।

कभी-कभी आप इस संशय से छुटकारा पाने के लिए दूसरी या तीसरी स्त्री से प्रेम करने लगते हैं। यह निराश होने की शुरुआत है, क्योंकि दूसरी स्त्री का अपना रहस्य है और तीसरी स्त्री का अपना। यह शतरंज के खेल की तरह है...आप एक चाल चलते हैं जिससे आपके विरोधी के सामने अन्तहीन सम्भावनाएँ खुल जाती हैं। एक खेल हारने के बाद आप दूसरे खेल में जीतने की आशा करने लगते हैं। आप यह भूल जाते हैं कि दूसरी बाज़ी की अपनी सम्भावनाएँ हैं, पहली बाज़ी की तरह अन्तहीन और रहस्यपूर्ण। देखिए...इसीलिए मैं कहता हूँ कि आप ज़िन्दगी में चाहे कितनी औरतों के सम्पर्क में आएँ, असल में आपका सम्पर्क सिर्फ़ एक औरत से ही होता है...।

क्या कहा आपने? जी नहीं, मैं आपको पहले ही कह चुका हूँ, कि घर में मैं अकेला रहता हूँ, अगर आप मेरी बिल्ली को छोड़ दें। जी हाँ...मैं विवाहित हूँ...मेरी पत्नी अब जीवित नहीं है...यह मेरा अनुमान है। आप कुछ हैरान से हो रहे हैं। अनुमान मैं इसलिए कह रहा हूँ, क्योंकि मैंने उसे मरते हुए नहीं देखा। जब आपने किसी को आँखों से मरते नहीं देखा, अपने हाथों से दफ़नाया नहीं, तो आप सिर्फ़ अनुमान लगा सकते हैं कि वह जीवित नहीं। आपको शायद हँसी आएगी,

लेकिन मुझे लगता है जब तक आप ख़ुद अपने परिचित को मरते न देख लें, एक धुँधली-सी आशा बनी रहती है कि वह अभी जीवित है... आप दरवाज़ा खोलेंगे और वह रसोई से भागकर तौलिए से हाथ पोंछती हुई आपके सामने आ खड़ी होगी।

बेशक, यह भ्रम है। ऐसा होता नहीं। उसके बजाय अब बिल्ली आती है, जो दरवाज़े के पीछे देहरी पर सिर टिकाए अपनी आँखों का रंग बदलती रहती है। मैंने लोगों से कहते सुना है कि समय बहुत-कुछ सोख लेता है...क्या आप भी ऐसा सोचते हैं? मुझे मालूम नहीं...लेकिन मुझे कभी-कभी लगता है कि वह सोखता उतना नहीं, जितना बुहार देता है—अँधेरे कोनों में या कालीन के नीचे, ताकि बाहर से किसी को दिखाई न दे। लेकिन उसके पंजे हमेशा बाहर रहते हैं, किसी भी अजानी घड़ी में वे आपको दबोच सकते हैं।

शायद मैं भटक रहा हूँ...बियर पीने का यह एक सुख है। आप रास्ते से भटक जाते हैं और चक्कर लगाते रहते हैं...एक ही दायरे के इर्द-गिर्द राउंड एंड राउंड। आप बच्चों का वह खेल जानते हैं जब वे एक दायरा बनाकर बैठ जाते हैं और सिर्फ़ एक बच्चा रूमाल लेकर चारों तरफ़ चक्कर काटता है। आपके देश में भी खेला जाता है? वाह...देखिए न...हम चाहे कितने ही अलग क्यों न हों, बच्चों के खेल हर जगह एक जैसे ही रहते हैं। उन दिनों हम सबकी कुछ वैसी ही हालत थी...क्योंकि हममें से कोई भी नहीं जानता था कि कब अचानक किसके पीछे अपना फन्दा छोड़ जाएँगे। हममें से हर आदमी एक भयभीत बच्चे की तरह बार-बार पीछे मुड़कर देख लेता था कि कहीं उसके पीछे तो नहीं है...।

जी हाँ, इन्हीं दिनों यहाँ जर्मन आए थे। आप तो उन दिनों बहुत छोटे रहे होंगे। मेरी उम्र भी बहुत ज़्यादा नहीं थी और हालाँकि लड़ाई के कारण सुबह से शाम तक काम में जुटना पड़ता था, मैं एक जवान बैल की तरह डटा रहता था। एक उम्र होती है, जब हर आदमी एक

औसत सुख के दायरे में रहना सीख लेता है...उसके परे देखने की फ़ुर्सत उसके पास नहीं होती, यानी उस क्षण तक महसूस नहीं होती जब तक ख़ुद उसके दायरे में...आपने अक्सर देखा होगा कि जिसे हम सुख कहते हैं, वह एक ख़ास लम्हे की चीज़ है—यों अपने में बहुत ठोस है, लेकिन उस लम्हे के गुज़र जाने के बाद वह बहुत फीका और कुछ-कुछ हैंगओवर-सा धुँधला लगता है। किन्तु जिसे हम दुःख या तकलीफ़ या यातना कहते हैं, उसका कोई ख़ास मौक़ा नहीं होता...मेरा मतलब है, वह हूबहू दुर्घटना के वक़्त महसूस नहीं होती। ऐन दुर्घटना के वक़्त हम बदहवास से हो जाते हैं, हम उससे पैदा होनेवाली यातना के लिए कोई बना-बनाया फ्रेम नहीं ढूँढ़ पाते जिसमें हम उसे सही-सही फिट कर सकें। किसी दुर्घटना का होना एक बात है...उसका सही-सही परिणाम अपनी पूरी ज़िन्दगी में भोगना या भोग पाने के क़ाबिल हो सकना—बिलकुल दूसरी बात। यह असम्भव है...ऐसा होता नहीं। मेरा मतलब है...अपने को बार-बार दूसरे की स्थिति में रखकर उतने ही कष्ट की कल्पना करना, जितना दूसरे ने भोगा था। वह कुछ कम होगा, या कुछ ज़्यादा...लेकिन उतना नहीं और वैसा नहीं, जितना दूसरे ने भोगा था।

नहीं...नहीं...आप ग़लत न समझें। मैंने अपनी पत्नी को कष्ट भोगते नहीं देखा। मैं जब घर पहुँचा, वे उसे ले जा चुके थे। सात बरस की विवाहित ज़िन्दगी में यह पहला मौक़ा था जब मैं ख़ाली घर में घुसा था।

बिल्ली? नहीं, उन दिनों वह मेरे पास नहीं थी। मैंने उसे काफ़ी वर्षों बाद पालना शुरू किया था। दूसरे घरों के पड़ोसी ज़रूर अपनी-अपनी खिड़कियों से झाँकते हुए मुझे देख रहे थे। यह स्वाभाविक भी था। मैं ख़ुद ऐसे लोगों को खिड़की से झाँककर देखा करता था, जिनके रिश्तेदारों को गेस्टापो-पुलिस पकड़कर बन्द गाड़ी में ले जाती थी। लेकिन मैंने यह कभी कल्पना भी न की थी कि एक दिन मैं घर लौटूँगा और मेरी पत्नी का कमरा ख़ाली पड़ा होगा।

देखिए...मैं आपसे एक बात पूछना चाहता हूँ—क्या यह अजीब बात नहीं है कि जब हम कभी मौत, यातना या दुर्घटना की बात सुनते हैं या सुबह अख़बार में पढ़ते हैं, तो हमें यह विचार कभी नहीं आता कि ये चीज़ें हम पर हो सकती हैं या हो सकती थीं...नहीं, हमें हमेशा लगता है कि ये दूसरों के लिए हैं...अहा...मुझे ख़ुशी है कि आप एक बियर और ले रहे हैं। आख़िर आप ख़ाली गिलास के सामने सारी रात नहीं बैठ सकते...।

क्या कहा आपने? मैं जानता था, आप यह सवाल ज़रूर पूछेंगे। अगर आप न पूछते तो कुछ आश्चर्य होता। नहीं, जनाब, शुरू में मैं ख़ुद कुछ नहीं समझ सका। मैंने आपसे कहा था न, कि ऐन दुर्घटना के वक़्त आदमी बदहवास-सा हो जाता है। वह ठीक-ठीक अपनी यातना का अनुमान भी नहीं लगा सकता। मेरी पत्नी की चीज़ें चारों तरफ़ बिखरी पड़ी थीं...कपड़े, किताबें, मुद्दत पुराने अख़बार। अलमारियों और मेज़ों के दराज़ खुले पड़े थे और उनके भीतर की हर छोटी-बड़ी चीज़ फ़र्श पर उल्टी-सीधी पड़ी थी : क्रिसमस के उपहार, सिलाई की मशीन, पुरानी फ़ोटो-एल्बम।

आप जानते हैं, शादी के बाद कितनी चीज़ें ख़ुद-ब-ख़ुद इकट्ठा होती जाती हैं। लगता था, उन्होंने हर छोटी-से-छोटी चीज़ को उलट-पलटकर देखा था, कोने-कोने की तलाशी ली थी...कोई चीज़ ऐसी नहीं थी, जो उनके हाथों से बची रह गई हो। उस रात मैं अपने कमरे में बैठा रहा। मेरी पत्नी का बिस्तर ख़ाली पड़ा था। तकिये के नीचे उसका रूमाल, माचिस और सिगरेट का पैकेट रखा था। सोने से पहले वह हमेशा सिगरेट पिया करती थी। शुरू में मुझे उसकी यह आदत अखरती थी, लेकिन धीरे-धीरे मैं उसका आदी हो गया था। पलंग के पास तिपाई पर उसकी किताब रखी थी, जिसे वह उन दिनों पढ़ा करती थी। जिस पन्ने को उसने पिछली रात पढ़कर छोड़ दिया था, वहाँ निशानी के लिए उसने अपना क्लिप दबा दिया था। क्लिप पर उसके बालों की गन्ध जुड़ी थी...।

आप जानते हैं, किस तरह बरसों बाद भी हमें छोटी-छोटी तफ़सीलें याद रह जाती हैं। यह शायद ठीक भी है। विवाह के पहले हम हमेशा बड़ी और अनुभूतिपूर्ण चीज़ों के बारे में सोचते हैं, लेकिन विवाह के बाद अरसा साथ रहने के कारण ये बड़ी चीज़ें हाथ से फिसल जाती हैं, सिर्फ़ कुछ छोटी-मोटी आदतें, ऊपर से सतही दिखनेवाली दिनचर्याएँ, रोज़मर्रा के आपसी भेद बचे रह जाते हैं, जिन्हें हम शर्म के कारण दूसरों से कभी नहीं कहते, किन्तु जिनके बिना हर चीज़ सूनी-सी जान पड़ती है।

उस रात मैं अकेले कमरे में अपनी पत्नी की चीज़ों के बीच बैठा रहा...। उस घड़ी शायद मैं अपने में नहीं था। मुझे कुछ भी समझ में नहीं आ रहा था। वह अपने कमरे में नहीं थी, यह महज़ एक हकीकत थी। मैं उसे समझ सकता था। किन्तु वे उसे पकड़कर ले गए थे, यह भयानक भेद मेरी पकड़ के बाहर था। 'आख़िर मेरी पत्नी ही क्यों?' मैं उस रात बार-बार अपने से यह प्रश्न पूछता रहा।

आपको तनिक आश्चर्य होगा कि सात वर्षों की वैवाहिक ज़िन्दगी में पहली बार मुझे अपनी पत्नी पर सन्देह हुआ था, मानो उसने कोई चीज़ मुझसे छिपाकर रखी हो—कोई ऐसी चीज़, जिसका मुझसे कोई सरोकार नहीं था। बाद में मुझे पता चला कि गेस्टापो-पुलिस बहुत दिनों से उसकी ताक में थी। उसके पास कुछ ग़ैरक़ानूनी पैम्फलेट और पर्चियाँ पाई गई थीं जो उन दिनों अज्ञात रूप से लोगों में बाँटी जाती थीं। जर्मन अधिकारियों की आँखों में यह सबसे संगीन अपराध था। पुलिस ने ये सब चीज़ें ख़ुद मेरी पत्नी के कमरे से बरामद की थीं...और आपको शायद यह बात काफ़ी दिलचस्प जान पड़ेगी कि ख़ुद मुझे उनके बारे में कुछ मालूम नहीं था। उस रात से पहले तक मैं और वह एक कमरे में सोते थे, प्रेम करते थे...और इसी कमरे में कुछ ऐसी चीज़ें थीं जो उसका रहस्य थीं, जिसमें मेरा कोई साझा नहीं था। क्या आपको यह बात दिलचस्प नहीं लगती कि वे मेरी पत्नी को मुझसे कहीं अधिक अच्छी तरह जानते थे?

ज़रा ठहरिए, मैं अपना गिलास ख़त्म कर लेता हूँ, मैं फिर आपका साथ दूँगा। कुछ देर बाद वे बन्द कर देंगे और फिर...नहीं, इतनी जल्दी नहीं है। पीने का लुत्फ इतमीनान से पीने में है। हमारी भाषा में एक कहावत है—हमें जी भरकर पीना चाहिए, क्योंकि सौ बरस बाद हम इस दुनिया में नहीं होंगे। सौ बरस...यह काफ़ी लम्बा अरसा है, आप नहीं सोचते? हममें से कोई भी इतने अरसे तक ज़िन्दा रह सकेगा, मुझे शक है। आदमी जीता है...खाता है...पीता है और एक दिन अचानक फट! नहीं जनाब, भयानक चीज़ मरना नहीं है। लाखों लोग रोज मरते हैं। और आप चूँ भी नहीं करते। भयानक चीज़ यह है कि मृत आदमी अपना भेद हमेशा के लिए अपने साथ ले जाता है और हम उसका कुछ नहीं बिगाड़ सकते। एक तरह से वह हमसे मुक्त हो जाता है।

उस रात मैं अपने घर के एक कमरे से दूसरे कमरे में चक्कर लगाता रहा। आपको शायद हँसी आएगी कि पुलिस के बाद मैं दूसरा आदमी था जिसने अपनी पत्नी की चीज़ों की दोबारा तलाशी ली थी—एक-एक चीज़ को उलट-पलटकर पूरी गहराई से उन्हें देखा-परखा था। मुझे विश्वास नहीं हो रहा था कि अपने पीछे वह मेरे लिए एक भी ऐसा निशान नहीं छोड़ जाएगी, जिसके सहारे मैं कोई ऐसी चीज़ पा सकूँ जिसमें मेरा भी साझा रहा था। उसके विवाह की पोशाक, ड्रेसिंग-टेबल के दराज़ में रखे कुछ पत्र, जो विवाह से पहले मैंने उसे लिखे थे, कुछ पंख और पत्थर, जिन्हें वह जमा किया करती थी...।

ज़रा देखिए, सात वर्ष की विवाहित ज़िन्दगी के बाद मैं उस रात अपनी पत्नी की चीज़ों को कुछ इस तरह टटोल रहा था, जैसे मैं उसका पति न होकर भेदिया पुलिस का कोई पेशेवर नौकर हूँ...मुझे रह-रहकर विश्वास नहीं हो पा रहा था कि अब मैं उससे कुछ नहीं पूछ सकूँगा। वह उनके हाथों से बच नहीं सकेगी, यह मैं जानता था। वे जिन लोगों को पकड़कर ले जाते थे, उनमें से मैंने एक को भी वापस लौटते नहीं देखा था।

लेकिन उस रात मुझे इस चीज़ ने इतना भयभीत नहीं किया कि मृत्यु उसके बहुत नजदीक है, जितना इस चीज़ ने कि मैं कभी उसके बारे में पूरा सत्य नहीं जान सकूँगा। मृत्यु हमेशा के लिए उसके भेद पर ताला लगा देगी और वह अपने पीछे एक भी ऐसा सूराख़ नहीं छोड़ जाएगी जिसकी मदद से मैं उस ताले को खोल सकूँगा।

दूसरे दिन रात के समय उन्होंने मेरा दरवाज़ा खटखटाया। मैं तैयार होकर उनकी प्रतीक्षा में बैठा था। मुझे मालूम था, वे आएँगे। अगर मेरी पत्नी उनके सामने सब कुछ क़बूल कर देती, तो शायद उन्हें मेरी ज़रूरत न पड़ती। किन्तु मुझे मालूम था कि मेरी पत्नी अपने मुँह से एक भी शब्द नहीं निकांलेगी। मैं उसके 'रहस्य' से अपरिचित रहा हूँ, उसकी आदतों से अच्छी तरह वाकिफ़ था। वह चुप रहना जानती थी...चाहे यातना कितनी ही भयंकर क्यों न हो।

नहीं जनाब, मैंने अपनी आँखों से उसकी यातना को नहीं देखा, किन्तु मैं थोड़ा-बहुत अनुमान लगा सकता हूँ। पहला प्रश्न उन्होंने मुझसे जो पूछा, वह बिलकुल साफ़ था—क्या मैं श्रीमती...का पति हूँ? मैं सिर्फ़ उनके इस प्रश्न का उत्तर 'हाँ' में दे सका। बाक़ी प्रश्न मेरी समझ के बाहर थे। किन्तु वे मुझे आसानी से छोड़नेवाले नहीं थे। उन्होंने मेरी इस बात को हँसी में उड़ा दिया। जब मैंने उन्हें बताया कि मैं अपनी पत्नी की इन कार्यवाहियों के बारे में कुछ भी नहीं जानता। उन्होंने सोचा, मैं अपनी खाल बचाने के लिए कन्नी काट रहा हूँ। वे मुझे एक अलग सेल में ले गए। पूरे हफ़्ते-भर दिन-रात वे मुझसे सिर्फ़ एक ही तरह के सवाल अलग-अलग ढंग से पूछते थे—मैं अपनी पत्नी के बारे में क्या कुछ जानता हूँ? वह कहाँ जाती थी? किन लोगों से मिलती थी? किस आदमी ने उसे लीफलेट दिये थे?

मुझसे किसी तरह का भी उत्तर खींचने के लिए वे जो तरीक़े अपनाते थे, उनके बारे में मैं आपको कुछ भी नहीं बता सकता।

मैं चाहे कितनी तफ़सील के साथ आपको क्यों न बताऊँ, आप उसका रत्ती-भर भी अनुमान नहीं लगा सकेंगे...वे मुझे उस समय तक पीटते थे, जब तक मैं चेतना नहीं खो देता था। किन्तु उनमें असीम धैर्य था... वे उस समय तक प्रतीक्षा करते थे जब तक मेरी चेतना वापस नहीं लौट आती थी और फिर वही सिलसिला शुरू हो जाता था—वही पुराने सवाल और अन्तहीन यातना।

उन्हें मुझ पर विश्वास नहीं होता था कि मैं—जो अपनी पत्नी के साथ अनेक वर्षों तक एक ही घर में रहा हूँ—उसकी गुप्त कार्यवाहियों के बारे में कुछ नहीं जानता। वे समझते थे कि मैं उन्हें बेवक़ूफ़ बना रहा हूँ, उनकी आँखों में धूल झोंकने की कोशिश कर रहा हूँ। नहीं जनाब, वे मुझे पीटते थे, मुझे इसकी यातना नहीं थी, मेरी यातना यह थी कि उनके प्रश्नों का जवाब देने के लिए मेरे पास कुछ नहीं था। कहने के लिए मेरे पास कुछ अतिसाधारण घरेलू बातें थीं, जो शायद हर स्त्री अपने पति के साथ करती है...मैं कल्पना भी नहीं कर सकता था कि रोज़मर्रा, दैनिक ज़िन्दगी के साथ-साथ वह एक-दूसरी ज़िन्दगी जी रही थी...मुझसे अलग, मुझसे बाहर, मुझसे अछूती—एक ऐसी ज़िन्दगी जिसका मुझसे कोई वास्ता नहीं था।

आपको यह बात कुछ हास्यास्पद-सी नहीं लगती कि...अगर वे उसे न पकड़ते, तो मैं ज़िन्दगी-भर यही समझता कि मेरी पत्नी वही है, जिसे मैं जानता हूँ? आप जानते हैं, वे लड़ाई के अन्तिम दिन थे और गेस्टापो अपने शिकार को जल्दी हाथ से नहीं जाने देते थे...मेरी पत्नी ने आख़िर तक कुछ भी क़बूल नहीं किया। उन्होंने उसने उम्मीद छोड़ दी थी, लेकिन मुझे वे कच्चा समझते थे। वे शायद मुझे मारना नहीं चाहते थे, लेकिन मृत्यु से कम आदमी को जितना अधिक कष्ट दिया जा सकता था, उसमें उन्होंने कोई कसर नहीं उठा रखी थी। मुझे वे उसी समय छोड़ते थे, जब वे ख़ुद थक जाते थे, या जब मैं बेहोश हो जाता था।

मैंने कुछ भी क़बूल नहीं किया—यह मेरा साहस नहीं था—सच बात यह थी कि मेरे पास क़बूल करने के लिए कुछ भी नहीं था।

आप जानते हैं, पहली रात जब मैंने अपनी पत्नी को कमरे में नहीं पाया था, तो मुझे काफ़ी खेद हुआ था। मुझे लगा था कि उसने मुझे अँधेरे में रखकर छलना की है। बार-बार यह ख़याल मुझे कोंचता था कि स्वयं मेरी पत्नी ने मुझे अपना विश्वासपात्र बनाना उचित नहीं समझा। लेकिन बाद में गेस्टापो के सामने पीड़ा और कष्ट के असह्य क्षणों से गुज़रते हुए—मैं उसके प्रति कृतज्ञ-सा हो जाता था कि उसने मुझसे कुछ नहीं कहा। उसने एक तरह से मुझे बचा लिया था। मैं आज भी इस बात का निर्णय नहीं कर सका हूँ कि अगर मुझे अपनी पत्नी का भेद मालूम होता तो क्या मैं चुप रहने का हौसला बटोर सकता था? ज़रा सोचिए, मेरी यंत्रणा कितनी अधिक बढ़ जाती अगर मेरे सामने क़बूल करने का रास्ता खुला होता?

आप मजबूरी में बड़ी-से-बड़ी यातना सह सकते हैं, लेकिन अगर आपको मालूम हो कि आप किसी भी क्षण उस यातना से छुटकारा पा सकते हैं, चाहे उसके लिए आपको अपनी पत्नी, अपने पिता, अपने भाई के साथ ही विश्वासघात क्यों न करना पड़े...। तब आप यातना की एक सीमा के बाद वह रास्ता नहीं चुन लेंगे, इसके बारे में कुछ भी कहना असम्भव है। चुनने की खुली छूट से बड़ी पीड़ा कोई दूसरी नहीं। मुझे कभी-कभी लगता है कि निर्णय की इस यातना से मुझे बचाने के लिए ही मेरी पत्नी ने अपना रहस्य कभी मुझे नहीं बताया।

देखिए...अक्सर कहा जाता है कि प्रेम में किसी तरह का दुराव-छिपाव नहीं होता, वह आईने की तरह साफ़ होता है। मैं सोचता हूँ, इससे बढ़कर भ्रान्ति कोई दूसरी नहीं। प्रेम करने का अर्थ अपने को खोलना ही नहीं है, बहुत कुछ अपने को छिपाना भी है ताकि दूसरे को हम अपने निजी 'ख़तरों' से मुक्त रख सकें...। हर स्त्री इस बात को

समझती है और चूँकि वह पुरुष से कहीं अधिक प्रेम करने की क्षमता रखती है, उसमें अपने को छिपाने का भी साहस होता है। आप ऐसा नहीं सोचते? सम्भव है, मैं ग़लत हूँ...लेकिन जब रात को मुझे नींद नहीं आती तो अक्सर मुझे यह सोचकर हल्की-सी तसल्ली मिलती है कि...छोड़िए, मैं समझा नहीं सकता। जब मैंने आपको अपनी मेज़ पर बुलाया था तो इस आशा से नहीं कि मैं आपको कुछ समझा सकूँगा।

क्या कहा आपने? नहीं जनाब...उसके बाद मैंने अपनी पत्नी को दोबारा नहीं देखा। एक दोपहर जब मैं घर लौट रहा था, मेरी निगाहें उस पोस्टर पर जा पड़ी थीं। उन दिनों अक्सर वे पोस्टर तीसरे-चौथे दिन शहर की दीवारों पर चिपका दिये जाते थे...हर पोस्टर पर तीस-चालीस नाम होते थे जिन्हें पिछली रात गोली से मार दिया गया था...जब मेरी निगाह अपनी पत्नी के नाम पर पड़ी तो मुझे कुछ क्षणों तक यह काफ़ी विचित्र-सा लगता रहा कि उस छोटे से नाम के पीछे मेरी पत्नी का चेहरा हो सकता है...मैंने आपसे कहा न कि जब तक आप अपनी आँखों से किसी को मरते न देख लें, आपको विश्वास नहीं होता कि अब वह जीवित नहीं है...एक धुँधली-सी आशा बनी रहती है कि आप दरवाज़ा खोलेंगे...।

लेकिन देखिए, मैं अपनी बातें दोहराने लगा हूँ। बियर पीने का यह सुख है कि आप एक ही दायरे के इर्द-गिर्द चक्कर लगाते रहते हैं... राउंड एंड राउंड एंड राउंड। आप जा रहे हैं? ज़रा ठहरिए...मैं सलामी के कुछ टुकड़े अपनी बिल्ली के लिए ख़रीद लेता हूँ...बेचारी इस समय तक भूखी-प्यासी मेरे इन्तज़ार में बैठी होगी। नहीं...नहीं...आपको मेरे साथ आने की ज़रूरत नहीं है। मेरा घर ज़्यादा दूर नहीं है और मैं पीने की अपनी सीमा जानता हूँ। मैंने आपसे कहा था न...सिर्फ़ डेढ़ इंच ऊपर।

खोज

"आह!"

उसके बाल तकिये के नीचे दब गए थे। अचानक उठने पर वे खिंचते चले गए।

"आह!" उसने कराहते हुए कहा।

"क्या हुआ?" छोटी बहन ने किताब से सिर उठाकर पूछा।

"कुछ नहीं...ये बाल!" उसने तकिये पर गिरा हुआ एक पका-भूरा बाल उठा लिया और टेबल-लैम्प के प्रकाश में उसे देखने लगी।

दोनों बिस्तर पास-पास बिछे थे। बीच में टेबल-लैम्प था। लैम्प शेड पर समुद्र की लहर उठी थी—सफ़ेद और फ़ेनदार। लगता था कि वह साँप का फन हो, नीले शेड पर स्तब्ध, स्थिर और गिरने को आतुर।

"देखो...यह कुछ-कुछ सफ़ेद है," बड़ी बहन ने कहा।

मद्धिम आलोक में वह सचमुच उजला-सा दीख रहा था... वह बाल।

किन्तु छोटी बहन को इसमें कोई दिलचस्पी नहीं थी। वह फिर अपनी किताब में डूब गई थी।

वह, जो बड़ी बहन थी, कुछ देर तक उसे हथेली पर रखे देखती रही...और तब उसे अचानक लगा कि वह उसे नहीं देख सकती।

यह अजीब है, उसने सोचा। अभी एक क्षण पहले वह उसे देख सकती थी और अब नहीं। उसने हथेली बन्द कर दी और फिर लेट गई।

"सर्दी है," उसने कहा।

"क्या खिड़की बन्द कर दूँ?" छोटी बहन ने पूछा, बिना किताब से आँखें उठाए।

"नहीं...ऐसे ही ठीक है।"

बाहर दूसरे घरों की छतें थीं। ऊपर दिसम्बर का आकाश था—सर्द और उजला, दूर-दूर तक फैला हुआ। खिड़की हवाई अड्डे की तरफ़ खुलती थी...ज़रा-सा झाँकने पर नीली धुंध को बीच में काटते हुए बत्तियों के झुरमुट दिखाई दे जाते थे। जब कभी हवा चलती, धुंध की परतें अचानक ऊपर उठ आतीं और नीचे छिपी कुछ बत्तियाँ जुगनुओं-सी बाहर निकलकर टिमटिमाने लगतीं।

वह पढ़ते-पढ़ते सहसा हँसने लगी।

"क्या बात है?"

"कुछ नहीं," वह हँसती रही। "पूरी कहानी जाने बिना तुम नहीं समझ सकोगी।"

"तुम क्या आख़िर तक पढ़ती हो?"

"हाँ...क्यों?"

"मैं नहीं पढ़ सकती।"

"तुम में सब्र नहीं है।"

बड़ी बहन ने जम्हाई ली। गीली पुतलियों पर रोशनी छोटे-छोटे धागों में कटकर फड़फड़ाने गली। आँखें मुँद गईं।

"ज़रा मेरा शॉल देना...बिस्तर में ऊपर ही होगा।" वह अब भी ठिठुर रही थी।

छोटी बहन पलंग से उतरकर कोने में रखे होल्डाल को खोलने लगी। पास ही सूटकेस रखा था। उसके ऊपर साड़ी और कोट। कोने में जमाकर रखे थे बालों के क्लिप और एक मुसा हुआ रूमाल।

एक वर्ष बाद वह इस घर में आई थी। सामान अब भी बँधा पड़ा था।

"कहो तो खिड़की बन्द कर दूँ?" छोटी बहन ने पूछा।

"न, ऐसे ही ठीक है," उसने शॉल गले तक ओढ़ ली थी।

खिड़की खुली रही।

कुछ देर तक दोनों चुपचाप लेटी रहीं।

"तुम ठीक कहती थीं," बड़ी बहन ने कहा।

"किसके बारे में?" विस्मय से उसने उसकी ओर देखा।

"मुझमें सब्र नहीं है।"

"आह!" छोटी बहन की आँखें फिर किताब पर झुक गईं। किन्तु इस बार ध्यान उचटा-सा रहा। उसकी आँखें छत पर उठीं और वहीं टिकी रहीं।

"तुम्हें काफ़ी अजीब लग रहा होगा—इतने दिनों बाद इस कमरे में," उसने कहा।

"इतना नहीं। इतना अब नहीं।" वह अपलक दीवार की ओर देख रही थी। "याद है, इस कोने में आइकोन रहता था...न जाने पुतुल को वह इतना क्यों पसन्द था!"

"मैंने उसे बक्से में रख दिया है...पुतुल भाई की सब चीज़ें उसी में हैं, तुम देखना चाहोगी? वह पलंग के नीचे है..."

"नहीं...फिर कभी। कभी बाद में..."

फिर सहसा करवट लेकर वह अपनी छोटी बहन को देखने लगी। "बक्से में क्यों?" उसने पूछा।

"ऐसे ही," उसने कहा, "क्या तुम हर रात इन चीज़ों के बीच सो सकती हो, जो कभी दूसरे की थीं?"

"आह—बिन्नो! चीज़ें!...तुम्हें चीज़ों से भी डर लगता है!"

"डर?" छोटी बहन ठहाका मारकर हँसने लगी। "अब नहीं... अब कैसा डर? पहले था। पहले बहुत था...जब वह यहाँ थे...वह पीते रहते थे और हममें से कोई भी इस कमरे में नहीं आ सकता था।"

"आख़िरी रात भी?" बड़ी बहन अब भी उसके चेहरे को देख रही थी।

"किसे मालूम था, कौन-सी रात आख़िरी होगी?"

उसका पलंग देर तक हिलता रहा...हालाँकि अब वह हँस नहीं रही थी। बड़ी बहन फिर पीठ के बल लेट गई थी। कुछ क्षणों तक कमरे में निस्तब्धता घिरी रही। केवल एक-दूसरे की साँसों की आहट सुनाई दे जाती थी। होल्डाल खिड़की के पास अँधेरे में खड़ा था—जब हवा चलती, उसके ऊपर खिड़की का परदा फड़फड़ाने लगता। जान पड़ता, मानो कोई आदमी अँधेरे में खड़ा सिग्नल की झंडी हिला रहा हो...!

'उस कोने में मेरी अलमारी थी...शादी से बहुत साल पहले', उसने सोचा। तब यह कमरा उन तीनों का था। पुतुल भाई जब लीव पर लौटते थे, तो यहीं कॉफ़ी बनती थी...वह पर्कोलेटर भी कैसा अजीब था! पुतुल उसे यूरोप से अपने संग लाए थे। पानी उबलते ही सीटी बजने लगती। पहले-पहल उसे भ्रम होता था कि पुतुल ही छिपे-छिपे सीटी बजाते हैं—लेकिन आवाज़ बराबर पर्कोलेटर के भीतर से आती थी। बाद में तो कई बार कॉफ़ी पीने के बहाने ही वे यह आवाज़ सुना करते थे, वे तीनों।

"बिन्नो!"

"क्या?"

"सो गई?"

"पागल हो...अभी से?" वह चुपचाप आँखें मूँदे लेटी थी।

"क्या बात है?"

"कुछ नहीं...तुम्हें याद है, वह पर्कोलेटर—पुतुल जिसे यूरोप से लाए थे?"

छोटी बहन की आँखें खुल गईं...एक बहुत पुरानी याद आँखों की कोरों पर सरक आई थी। वह वहीं जमी रह गई...पिघलकर ढुरकने का साहस नहीं हो पाया।

"उस कोने में मेरी अलमारी थी..." उसने बहुत धीरे से कहा, लगभग फुसफुसाते हुए, जैसे उसकी स्मृति एक चिड़िया हो, जिसे पकड़ने के लिए बहुत दबे पाँव, साँस रोककर चलना होगा—अगर उसे ज़िन्दा ही पकड़ना हो, जैसी वह है। जैसी वह थी और अब नहीं है।..."और प्लूटार्ख की 'नाइन ग्रीक लाइव्ज़'...पुतुल की एक जेब में बोतल रहती थी, दूसरी में प्लूटार्ख की किताब..."

छोटी बहन एकदम बिस्तर पर बैठ गई—पूर्व की ओर मुँह मोड़ दिया, "हियर इज़ नॉट पेरोपोनेस, बट इयोना," फिर पश्चिम की ओर मुँह मोड़कर, "हियर इज़ द पेरोपोनेस, नॉट इयोना!"

दोनों एक साथ हँस पड़ीं।

लैम्प शेड की सफ़ेद लहर पर एक पतंगा उड़ता हुआ टकरा गया था। साँप का फन धीरे से काँपा, मानो पतंगे के इस अचानक आक्रमण से वह चौंक गया हो। एक हल्की-सी सरसराहट देर एक लैम्प शेड के इर्द-गिर्द मँडराती रही।

वे एक-दूसरी को देख रही थीं। उस हँसी ने अनायास उन्हें एक षड्यंत्र के अदृश्य घेरे में घसीट लिया था।

"यह सब कैसे हुआ, बिन्नो? तुम तो हमेशा उनके साथ रहती थीं!"

"बाद में नहीं..." छोटी बहन फिर लेट गई। गिलाफ ओढ़ लिया, किन्तु हाथ फिर भी बाहर रहे—मुट्ठियों में चादर पकड़े हुए।

"लौटने के बाद वह वैसे नहीं रहे, जैसे पहले थे। वहाँ कुछ हुआ था, जो पुतुल भाई ने किसी से नहीं कहा..."

"तुम पागल हो! वह हमेशा से ही ऐसे थे। पुतुल भाई हमेशा से ही ऐसे थे।"

छोटी बहन के होंठों पर एक अजीब-सी मुस्कान सिमट आई—रहस्यमय उतनी नहीं, जितनी अर्थपूर्ण। अर्थपूर्ण भी शायद उतनी नहीं, जितनी अर्थहीन।

"तुम यूरोप में उनके संग थीं?...मैं थी?...कोई भी नहीं था। वहाँ क्या हुआ, कोई भी नहीं जानता।"

"लेकिन तुम?...आख़िरी दिनों में तुम हमेशा उनके संग रहती थीं।"

"आह...तुम शायद 'जैलस' हो!"

"जैलस? हा...हा...हा...जैलस, इनडीड!"

खिड़की के परे दूर हवा में एक लाल बत्ती तिरती जा रही थी। रुई से नरम अँधेरे को भेदती हवाई जहाज़ की बोझिल-सी गुनगुनाहट। दिसम्बर की रात की ख़ामोशी को कुतरते हुए वह एक छोर से ऊपर उठी थी और धीरे-धीरे कमज़ोर पड़ती गई थी। कुछ देर बाद बिलकुल मन्द—एक निस्पन्द फड़फड़ाहट—जैसे दूर हवा में कोई चमकीला जीव रेंग रहा हो!

छोटी बहन ने किताब बन्द कर दी—दीवार पर परदे की छाया हिली थी, उसे सहसा अपनी देह में सर्दी-सी महसूस हुई।

"बत्ती बुझा दूँ?"

"हाँ...लेकिन ज़रा ठहरो। मैं तुमसे एक बात पूछना चाहती थी।"

छोटी बहन उसकी ओर देखती रही।

"तुम...तुम जानती थीं?"

"नहीं...मैं सिर्फ़ एक रात पहले ऊपर आई थी। वह यहीं लेटे थे, इसी पलंग पर...जहाँ अब तुम हो।"

"इसी पलंग पर?" एक हल्की-सी झुरझुरी उसकी पीठ पर फिसलने लगी।

"आह...वह भी कोई सवाल था!"

"उसने तुमसे कुछ पूछा था?"

छोटी बहन ने उसकी ओर देखा, जैसे बिस्तर ख़ाली हो! जैसे निगाहें आँखों से छूटकर कमरे के चारों कोनों में भटक रही हों!

"सुनो...क्या कभी दूसरे आदमी के संग मैं एक ही बिस्तर पर सोई हूँ?"

"उसने पूछा था?"

निगाहें फिर लौट आई थीं। वह फिर से देखने लगी थी, उसी तरह से—जब दुनिया को बहुत शुरू-शुरू में देखा था।

"एक ही बिस्तर पर!...ला...ला...ट्रा...ला..." वह धीरे-धीरे सीटी बजाने लगी...फिर वह अचानक चुप हो गई।

"सुनो!...पर्कोलेटर ऐसे ही सीटी बजाता था।"

"बिन्नो...तुम उन्हें बहुत प्यार करती थीं?" वह इस बार पुतुल भाई का नाम नहीं ले सकी...कोशिश के बावजूद।

उसने कौतूहल से बड़ी बहन की ओर देखा, जैसे वह एक लम्बे अरसे से इस प्रश्न की प्रतीक्षा कर रही हो। "शायद...यह नहीं। वह हमेशा पीते रहते थे...यूरोप से लौटने के बाद!"

"लेकिन तुम कर सकती थीं।" बड़ी बहन का स्वर हल्के से सिहर गया।

"कौन कभी क्या कर सकता है...क्या तुम कर सकती हो?"

"पता नहीं..." बड़ी बहन सीधी लेटी छत की ओर देख रही थी।

"आख़िरी दिनों में अगर मैं इस घर में होती,...तो शायद उनके लिए सब कुछ कर सकती थी, सब कुछ!"

"तुम?" छोटी बहन की आँखों में पागलों की-सी चमक उमड़ आई। "तुम हमेशा इस घर से डरती थीं। विवाह तुम्हारे लिए छुटकारा था। लेकिन मैं...मेरे लिए?"

बाहर दरवाज़ा खड़का था। छोटी बहन अचानक चुप हो गई। कमरा बिलकुल शान्त था। फिर दोबारा हल्की-सी खड़खड़ाहट हुई और इस बार बिन्नो ने झपटकर बड़ी बहन का हाथ पकड़ लिया। उसकी आतंकित निगाहें देहरी पर उठ आई थीं और वह ठगी-सी रह गई थी।

कोई भी नहीं था। रात की हवा थी...या शायद वह भी नहीं।

"तुम डर गईं?"

वह कुछ भी नहीं बोल सकी...देर तक मंत्रमुग्ध-सी वह देहरी की ओर देखती रही। उसका चेहरा एकदम रक्तहीन-सा हो गया था।

बड़ी बहन ने धीरे से अपना हाथ उसके हाथ से छुड़ा लिया, "क्या बात है बिन्नो?"

"...कुछ भी नहीं। मुझे कुछ अजीब-सा लगा।" वह अब भी खोई आँखों से शून्य में देख रही थी।

"वह इसी तरह खटखटाते थे—बिलकुल इसी तरह।"

"तुम्हारे कमरे में?"

"हर रात को...वह आते थे। एक हाथ में आइकोन होता था...न जाने वह उन्हें क्यों इतना पसन्द था! पुतुल भाई को!"

"तुमने मुझे कभी नहीं बताया।"

"क्या बताती तुम्हें?" उसकी आँखें सारे चेहरे पर फैल गई थीं। "क्या यह कि मैं कमरे में साँकल लगाकर बैठी रहती थी और वह दरवाज़ा खटखटाते थे? या...तुम सो रही हो?"

वह सीधी लेटी थी...आँखें खुलती थीं और देर तक बन्द हो जाती थीं...फिर खुलती थीं...।

"और बाबूजी? माँ?"

"वे...वे जानते थे और कुछ भी नहीं कहते थे। उन्हें शायद मुझ पर ग़ुस्सा भी आता था...पता नहीं। एक रात के बाद दूसरी रात, फिर तीसरी...कौन-सी रात आख़िरी होगी, हममें से कोई नहीं जानता था, लेकिन..." वह धीरे से हँसी, "उसकी प्रतीक्षा हम सब कर रहे थे...हम सब, एक ही छत के नीचे!"

"तुम सो रही हो?"

बड़ी बहन ने चुपचाप करवट बदल ली। लैम्प शेड पर समुद्र की लहर अँधेरे में डूब गई, किन्तु देर तक लगता रहा, जैसे साँप का फन अब भी उनके पीछे खड़ा हो, स्तब्ध और स्थिर...!

दोनों के पलंग एक-दूसरे से सटकर बिछे थे। जब भी कोई ज़रा-सा हिलता, पलंग चरमराने लगता और तब दोनों ही चौंक जातीं।

"सुनो!..." अँधेरे में बड़ी बहन का स्वर सुनाई दिया।

"क्या बात है?"

"बत्ती खोलो!"

छोटी बहन ने अपनी नाइट-शर्ट के बटन बन्द करते हुए बत्ती जलाई।

"वह बाल!" बड़ी बहन की भयभीत आँखें उस पर उठ आईं, "छोटा और कुछ-कुछ सफ़ेद।"

"तुम बहक रही हो!"

"तुमने कहा था, वह यहीं सोते थे, इसी पलंग पर।"

छोटी बहन प्रसन्नतापूर्ण दृष्टि से उसकी ओर देखती रही...एक लम्बे क्षण तक दोनों में से कोई कुछ न बोल सकीं।

"किधर देखा था?"

"यहीं...पलंग पर। मैंने उसे हाथ पर रखा था।"

उसने रज़ाई फेंक दी और पलंग के नीचे उतर आई। बिस्तर की चादर पर, तकिये के नीचे—हर जगह टटोलने पर भी वह नहीं मिला। छोटी बहन टेबल-लैम्प मेज़ से उठाकर दोनों बिस्तरों के बीच ले आई थी...।

"किधर गया?"

दोनों की छायाएँ दीवार पर बार-बार एक-दूसरे को काट जाती थीं। ऊपर-नीचे टटोलते हुए बड़ी बहन हाँफने लगी और पलंग के पैताने पर बैठ गई।

"तुमने सचमुच देखा था?"

बड़ी बहन नीरव आँखों से अपनी छाया देखती रही।

"मैंने उसे छुआ था," उसने कहा।

"तब..." छोटी बहन ने कहा, "तब तुम्हें एक दिन वह मिल जाएगी...द लॉस्ट सोल! याद है, बचपन में हम बाल को हथेली पर रखकर उड़ा देते थे...उसका पता चलाने के लिए जो खो गया है।"

बड़ी बहन ने विस्मय से उसकी ओर देखा। "आह—द लॉस्ट सोल!" वह अचानक हँसने लगी। "बिन्नो...उसे हमें खोजना चाहिए।"

"तुम सोओगी नहीं?"

बड़ी बहन नीचे झुक गई और पलंग से नीचे लटकती हुई चादर ऊपर उठा दी।

"यहाँ कुछ भी नहीं है।" छोटी बहन हाथ में टेबल-लैम्प लिये आगे चली आई...रोशनी के गोल दायरे में दोनों की छायाएँ धीरे-धीरे सिकुड़ती गईं।

"यहाँ कुछ भी नहीं है," उसने दोबारा कहा। इस बार उसका स्वर हल्के से काँप गया था।

बड़ी बहन नीचे झुकी थी...उसके कन्धों पर ब्लाउज़ खिंच आया था...सफ़ेद त्वचा पर नीली नसें भागती हुई सहसा बीच रास्ते में ठिठक गई थीं।

छोटी बहन ने टेबल-लैम्प बिस्तर पर रख दिया और झपटकर उसके कन्धे पकड़ लिये।

"छोड़ो...मैं कहती हूँ, यहाँ कुछ भी नहीं है।"

बड़ी बहन का सिर झुका रहा—पलंग के नीचे। पलंग के नीचे अँधेरा था—सिर्फ़ होल्डाल पर खिड़की का परदा फड़फड़ा जाता था।

"तुम नीचे क्या देख रही हो?" उसके कन्धे धीरे से हिले फिर उसका सिर बाहर आया।

"वह...क्या है?" बड़ी बहन ने विस्मय से पूछा।

"वह क्या?" छोटी बहन का चेहरा राख-सा सफ़ेद हो आया था।

"तुम देखना चाहोगी?" वह अजीब ढंग से हँसने लगी थी।

वह फिर नीचे झुकी...छोटी बहन के पलंग के नीचे...फ़र्श पर लटकती चादर को उठाकर उसका हाथ ऊपर आ गया।

हाथ में व्हिस्की की बोतल थी...आधी, शायद आधी से भी कम।

धीरे-धीरे उसका सिर बाहर आया...फिर आँखें। आँखें...जो मंत्र-मुग्ध-सी होकर अपने ही ऊपर उठे हाथ को देख रही थी।

"तुम छिपकर...?" बड़ी बहन ने पूछा।

"नहीं...यहाँ कोई नहीं देखता।"

"तुम्हें यह कैसे मिली?"

"मिली?" छोटी बहन ने चमकती आँखों से उसकी ओर देखा। "मिली नहीं, यहीं थी। वह इसे ऐसी ही छोड़ गए थे।"

"यह उनकी थी," बड़ी बहन ने उसे मेज़ पर रख दिया। काँच की उसकी देह दोनों के बीच चमक रही थी...टूटी हुई रोशनी के बीच जैसे वह अकेली साबुत गवाह हो—दोनों से अलग, दोनों को बाँधती हुई।

वह धीरे से आगे बढ़ी, फिर जैसे किसी ने उसका हाथ पकड़ लिया।

"यह उनकी थी!" उसने दोबारा कहा, जैसे वह सपने में बुदबुदा रही हो।

"थोड़ी-सी पिओगी?" छोटी बहन ने पूछा।

किन्तु उसने शायद नहीं सुना। उसकी आँखें बोतल को एकटक देख रही थीं। उसके गले को, बीच के फूले हुए उसके धड़ को।

छोटी बहन ने सुराही से कुछ पानी गिलास में ढाला...फिर बोतल की डॉट खोली। एक बोझिल मुरमुराई-सी गन्ध हवा में तिरने लगी।

दोनों अपने-अपने पलंग पर आमने-सामने बैठी थीं।

"सर्दी है...खिड़की बन्द कर दूँ?"

"नहीं!" बड़ी बहन ने एक छोटा-सा घूँट लिया, "बिलकुल नहीं।" वह बराबर ठिठुर रही थी।

गिलास एक ही था, दोनों बारी-बारी से उसे उठाती थीं। धीरे-धीरे एक गुनगुनी-सी गरमाई उन्हें घेरने लगी।

"पुतुल भाई अगर यहाँ होते?" छोटी ने कहा।

"याद है...हम इसी तरह यहाँ बैठते थे...उनके यूरोप जाने से पहले..."

"पता नहीं, वह इसे आधी छोड़ क्यों गए?"

"मे बी...ए गिफ़्ट!"

उसकी आवाज़ एकदम तरल-सी हो आई थी...जैसे हर घूँट के साथ भीतर की कोई कड़ी, पथरीली चीज़ घुल जाती हो!

"आह!...एक गिफ़्ट!"

दोनों के बीच गिलास था...उनकी उँगलियों के स्पर्श से गर्म और अपने में तटस्थ।

"अजीब है...बिन्नो!" वह पीती हुई रुक गई। "...बहुत पहले यह हम तीनों का कमरा था..." उसने कहा, "और वहाँ तुम्हारी अलमारी थी, वह आइकोन...पता नहीं, पुतुल भाई उसे कहाँ से लाए थे?"

छोटी बहन तकिये को दोहरा करके लेट गई थी।

"उन्होंने तुम्हें कभी कुछ नहीं बताया, बिन्नो?"

छोटी बहन चुपचाप दरवाज़े पर फड़फड़ाते परदे को देखती रही।

"किसके बारे में?" उसका स्वर बहुत धीमा-सा हो आया। "तुम क्या कभी बता सकती हो—वर्षों पहले तुम घर छोड़कर क्यों चली गईं?"

"मेरी बात अलग थी," उसने गिलास उठाया और बिना मुँह से लगाए हवा में रहने दिया...भीगे काँच के आर-पार बिन्नी का चेहरा दीख जाता था।

"मैंने कोशिश की थी...इस घर से बचने की।"

"और तुम बच गईं?" छोटी बहन के स्वर में हल्का-सा कौतूहल था।

"बहुत कम। पुतुल भाई से कम...वह आख़िर तक बचते गए तुम्हारी तरह।"

"मेरी तरह?" छोटी बहन ने बत्ती बुझा दी...नीला उजाला-सा अँधेरा दोनों बिस्तरों पर सिमट आया।

"तुमने कभी सुनी है...जब कोई सीढ़ियाँ चढ़ रहा होता है, उसके पैरों की चाप...और जब वह उतर रहा होता है—उसकी? दूर से सुनो, तो कोई अन्तर नहीं...फिर भी एक पहचान है—उतरने की अलग, चढ़ने की अलग...और हम चाहे कितनी दूर बैठे हों...उसे पकड़ लेते हैं। उस पहचान को! अन्तर चाहे कुछ भी न हो...तो भी! और फ़ासला एक वही रहता है, जो पहले था। और जूते भी वही...लेकिन सीढ़ियाँ—और वह आवाज़!...

"कैसी आवाज़? तुम बहक रही हो, बिन्नो!"

छोटी बहन अचानक चौंक गई। "आवाज़...उस पर्कोलेटर की। सी-सी-सी...कैसी अजीब आवाज़ थी!"

"बिन्नो...तुम सोओगी नहीं?"

किन्तु उसने नहीं सुना...वह अँधेरे में चुपचाप सीटी बजाती रही, फिर वह अचानक ठहर गई। "क्यों, और नहीं पियोगी?"

अँधेरे में उसके हाथ बोतल टटोलने लगे, किन्तु अचानक जैसे किसी ने उन्हें बीच हवा में पकड़ लिया...!

दूर से हल्की-सी गड़गड़ाहट सुनाई दी थी...दोनों की आँखें खिड़की के परे उठ गईं। बाहर दिसम्बर का आकाश था—अबाध और नीरव। फिर मखमली अँधेरे की सलवटों से दो लाल बत्तियाँ एरोडोम से उठकर बाहर निकल आईं।...शहर की ख़ामोश छतों पर मँडराती, एक-दूसरे का पीछा करती हुई...जैसे नीली-सफ़ेद धुंध के आर-आर चिड़ियों का एक घोंसला तिरता जा रहा हो...!

कमरे में कुछ देर तक निस्तब्धता घिरी रही...सिर्फ़ हवा आती थी। परदों के रिंग धीरे से खनखना जाते थे। हर घर की अपनी आवाज़ें होती हैं—अपनी चुप्पी। जितना पुराना घर हो, उतनी ही परिचित और उतनी ही भयावह। किस चुप्पी के होंठों पर कौन-सी आवाज़ ने उँगली रखी है, क्या कभी कोई जान सकता है?

"बिन्नो...सो गई?"

"नहीं...क्यों?"

"सुनो...वह बाल! क्या वह उनका था?"

एक लम्बे क्षण तक वे गहरे विस्मय से एक-दूसरे को देखती रहीं...जैसे पहली बार अँधेरे में उन्होंने एक-दूसरे को देखा हो...जबकि वहाँ देखने को कुछ भी न था।

उनके कमरे

कभी-कभी वे तेज़ चलने लगते थे, मानो कोई उनका पीछा कर रहा हो और वे अपने को बचा रहे हों! लड़की हाँफने लगती और वह उसका हाथ भींच लेता। थकान से टाँगें भारी पड़ जातीं। और वे एक-दूसरे को क्षण-भर निहारकर फिर चलने लगते।

"कहीं बैठोगी?" वह अनिश्चित स्वर में पूछता।

"कहाँ?" वह तनिक उत्सुक स्वर में पूछती, जिसमें उम्मीद कम और जिज्ञासा अधिक होती।

"मुझे एक जगह मालूम है, यहाँ से ज़्यादा दूर नहीं है।"

वह फिर उसका हाथ पकड़ लेती। बिजली के खम्भों के नीचे सड़क के चौथे पत्थर चमकने लगते। कभी-कभी वह उन्हें गिनने लगती, एक को छोड़कर दूसरे को। अगर सम संख्या पर कोई पत्थर गली के अन्तिम मोड़ पर ख़त्म हो जाता, तो उसे बेहद ख़ुशी होती। यह उसका अन्धविश्वास था। लड़की के बहुत-से अन्धविश्वास थे—हालाँकि उसने

उनके बारे में लड़के को कुछ नहीं बताया था। यों वह उसे सब बता देती थी, जब कभी वह उससे कुछ पूछता था—सिवाय उन चीज़ों के, जिन्हें वह बताना नहीं चाहती थी।

शायद ही शहर की कोई गली थी, जो उनके पैरों से बची रह गई हो। वे हर जगह घूमते थे, इसलिए नहीं कि घूमना उन्हें बहुत पसन्द था, बल्कि एक-दूसरे के साथ रहने का सिर्फ़ यही एक चारा था। उनका अपना कोई अलग से कमरा नहीं था। लड़का छात्रावास की एक डॉरमेटरी में रहता था, जहाँ उसके अलावा पाँच लड़के और रहते थे। वह कभी इतना साहस नहीं बटोर सका कि उन सबके बीच उस लड़की को ला सके। लड़की का अपना पृथक् कमरा ज़रूर था, लेकिन उसका सम्बन्ध एक धार्मिक संस्था से था। वहाँ पुरुष नहीं आ सकते थे।

लेकिन वह एक बड़ा शहर था और वे दोनों उसकी सड़कों पर एक साथ रहना सीख गए थे। जब वे बहुत थक जाते, तो किसी पराये घर के अँधेरे ज़ीने में आश्रय खोज लेते। वहाँ कोई नहीं आता था। ऐसे ही एक अँधेरे ज़ीने में लड़के ने पहली बार उसे चूमा था। दीवार की सफ़ेदी लड़की के कोट पर जम गई थी। इन अँधेरे वीरान ज़ीनों में उन्हें बाहर की सर्दी से भी छुटकारा मिल जाता था।

उस दिन सर्दी ज़्यादा नहीं थी। ऊपर बादल थे, हल्के और साफ़। सर्दी का मौसम बीत चला था। मकानों के नीचे चलते हुए कभी-कभी छज्जों की मुँडेरों से पिघली हुई बर्फ़ का पानी उनके कन्धों और बालों पर टपक जाता था। दुकानें बन्द हो रही थीं, लेकिन प्रदर्शन-खिड़की की रोशनियाँ देर रात तक सड़कों पर सुनहरा-सा छिड़काव करती रहती थीं। वे चलते-चलते अक्सर उनके आगे खड़े हो जाते थे।

"तुम्हें यह पसन्द है?" लड़की मज़ाक़ में पूछती। किसी गुलदानी या तराशे हुए शीशे के गुलदान के बारे में। लड़का उसकी ओर देखता—वह आगे बढ़ जाती और फिर किसी दूसरी प्रदर्शन-खिड़की के आगे ठिठक जाती।

यह उनके बीच एक खेल-सा बन गया था...हर प्रदर्शन-खिड़की के आगे खड़े होकर एक-दूसरे की राय पूछना। ऊपर से वे हँसी-मज़ाक़ का भाव ओढ़े रहते थे, लेकिन उन्हें वे प्रदर्शन-खिड़कियाँ बहुत रहस्यमय-सी जान पड़ती थीं—कुछ ऐसी, जो बहुत स्थिर, गर्म और कोमल हैं, जिनमें सड़कों की धूल और पराये जनों का अँधेरा नहीं है। यों देखा जाए, तो हर दुकान आधा घर होती है। उनके सामने खड़े होना महज़ वक़्त का गुज़ारना ही नहीं होता, अपने उन पुराने घरों के बारे में स्वप्न देखना भी होता है, जो एक उम्र के बाद छात्रावास या किराए के कमरों में खो जाते हैं।

"तुम्हें यह पसन्द है?" लड़की प्रदर्शन-खिड़की के पीछे एक परदे को देख रही थी। वे टैपेस्टरी, परदों और कालीनों की दुकान के आगे खड़े थे। लड़के की आँखें इधर-उधर भटक रही थीं।

"कैसा लगता है तुम्हें?" लड़की ने दोबारा परदे की ओर इशारा किया। वह उसे एकटक निहार रही थी।

"काफ़ी गहरा रंग है," लड़के ने झिझकते हुए कहा।

"लेकिन अगर फ़र्श पर सुर्ख़ रंग का कालीन हो, तो वह अखरेगा नहीं," लड़की ने कहा।

लड़का चुप खड़ा रहा। कालीन की बात सुनकर उसे एक बहुत पुराना कमरा याद हो आया था। खिड़की के सामने पियानो रहता था और उसके ऊपर एक बहुत पुराना फ़ोटो एलबम पड़ा रहता था, जिसके हाशिए पर बेल-बूटे जड़े रहते थे। वह धीरे से मुस्कराने लगा।

"क्या सोच रहे हो?" लड़की को उसकी मुस्कराहट अखर रही थी।

"मैंने ऐसा परदा एक बड़े कमरे में देखा था, लेकिन वहाँ दीवारों पर पीले फूलों के काग़ज़ लगे थे," लड़के ने कहा।

लड़की तनिक हैरान होकर हवा में ताकती रही। उसने कभी इस तरह नहीं सोचा था। लड़के की बात ने समूचे कमरे को ख़ाली-सा कर

दिया था—वहाँ अब सिर्फ़ पीले फूलों का सफ़ेद और तरल आलोक बचा रह गया था। वह इसीलिए उसे चाहती थी। सिर्फ़ इसीलिए नहीं, दूसरी चीज़ें भी थीं। लेकिन, इस 'एक चीज़' के लिए सबसे अधिक। वह उसकी तरह किसी चीज़ में अटक नहीं जाता था। वह एकदम जोड़ लेता था, एक अजानी चीज़ को दूसरी अजानी चीज़ से, और जुड़कर जो चीज़ आती थी, वह बहुत जानी-सी लगती थी।

वे दुकानों को छोड़कर नदी के बाँध पर चले आए। लड़के ने धीरज की साँस ली। उसे हल्की-सी ख़ुशी हुई कि अब उसे लड़की के प्रश्नों का जवाब देने के लिए इधर-उधर ताकना नहीं पड़ेगा। लड़के को यह नीरस-सा लगता था...दुकानों के आगे बहस करना। लेकिन उसने देखा कि वह हँसी-हँसी में भी गम्भीर हो जाती है, जैसे, परदों के साथ फूलों को जोड़ना। वह स्वयं भी ऐसा बहुत झिझकते हुए करता था, क्योंकि लड़की के नियम उतने ही सन्दिग्ध थे, जितने उसके अन्धविश्वास। वह ख़ुद भी उन्हें ठीक-ठीक जानती है, इस बारे में वह ज़्यादा निश्चित नहीं था।

वे बाँध की रेलिंग से सटकर खड़े थे। शाम के पीले धुँधलके में पक्षियों का एक झुंड नदी के ऊपर चक्कर काट रहा था।

"कुछ कमरे हमेशा फूलों से भरे होते हैं," लड़की ने कहा। वह अब भी उनके बारे में सोच रही थी। वह चाहती थी कि बात की एक लीक बन जाए, जिस पर वे इधर-उधर भटके बिना चल सकें।

लड़का अक्सर भटक जाता था। "आख़िरी बार जब मैंने किसी कमरे में ढेर से फूल देखे थे, तब मेरी दादी मरी थी," लड़के ने कहा।

"क्या वह बहुत बूढ़ी थी?" लड़की ने पूछा।

"मुझे नहीं मालूम...वह दूसरे शहर में रहती थी और मैंने उन्हें पहली बार देखा था।"

"ओह...!" लड़की ने कहा।

"फूलों के बीच उनका चेहरा सोई हुई गुड़िया-सा लगता था," लड़के ने कहा।

वह चुपचाप पक्षियों को देखती रही...अब वे बहुत नीचे उड़ रहे थे। मैंने कभी मरे हुए आदमी का चेहरा नहीं देखा, वह सोच रही थी।

कुछ देर बाद वे पुल पार करने लगे। उस शहर में बहुत-से पुल थे और जगह-जगह पर उन्हें पार करना पड़ता था। नदी शहर के बीचोबीच बहती थी और कभी-कभी लगता था, जैसे हम एक शहर को छोड़कर दूसरे शहर में जा रहे हों! जिस पुल पर वे चल रहे थे, वह सबसे पुराना था। दोनों तरफ़ ईसाई संतों की मूर्तियाँ थीं और वे भी बहुत पुरानी थीं। जब कभी कोई ट्राम गुज़रती, मूर्तियों की छायाएँ उसके साथ-साथ पानी पर भागती जातीं।

पुल पर चलते हुए वह हमेशा उसका हाथ पकड़ लेती थी। उसे लगता था, जैसे वह बहते पानी पर चल रही है और उसका हाथ छोड़ते ही कोई ज़बरदस्त चीज़ उसे नीचे घसीट ले जाएगी। यह ख़याल आते ही उसका सिर चकराने लगता था।

"तुम इस तरह कितना चल सकते हो?" लड़की ने सहसा पूछा।

"पुल पर?"

"नहीं...इस तरह हर जगह।"

"अगर मुझे अपनी डॉरमेटरी में न लौटना पड़े, तो मैं काफ़ी दूर तक चल सकता हूँ।" लड़के ने चलते-चलते अपना सिर उसके कन्धे पर टिका लिया। वह उसके बालों से खेलने लगी। पहले वे एक-दूसरे को अजाने में छूते थे और तब उन्हें बहुत ख़ुशी होती थी। पिछले दिनों उन्हें जब बहुत ख़ुशी होती थी, तो वे एक-दूसरे को छूते थे और तब वे काफ़ी उदास से हो जाते थे।

"तुम सोचते हो, कमरा मिल जाने पर भी हम इस तरह चलना पसन्द करेंगे?" लड़की की उँगलियाँ बालों से उतरकर उसके चेहरे पर ठिठक गई थीं।

लड़का चुप रहा। उसने कभी इसके बारे में सोचा नहीं था। जब कभी वह अपने होस्टल में अकेला होता था तो वह अक्सर ऐसे स्थानों के बारे में सोचा करता था, जहाँ वह लड़की से अकेले में मिल सकता है... या कभी-कभी वह प्रार्थना करता था कि किसी रात होस्टल में उसके साथी वापस न लौट सकें ताकि वह लड़की के साथ पूरी रात एक जगह रह सके। ऐसा होता नहीं था...लेकिन वह प्रार्थना हर रोज़ किया करता था।

पुल पीछे छूट गया। वे फिर घरों के नीचे आ गए थे। वह शहर का ग़रीब इलाक़ा था। दीवारों के आर-पार लम्बे-लम्बे तारें लगे थे, जिन पर गीले कपड़े हवा में लटकते रहते थे। बीच में एक छोटा-सा मैदान था, जहाँ बहुत-से बच्चों का शोर था। वह शोर एक भरे-भरे सैलाब-सा आस-पास की गलियों में बह आता था। डूबती रोशनी में काली चिमनियाँ झिलमिला रही थीं।

"कहाँ जा रहे हो?" लड़की ने पूछा।

"पास ही एक सिनेमा है।"

"तुम देखना चाहते हो?"

"वहाँ भीतर इतनी सर्दी नहीं होगी," लड़के ने कहा।

"तुम्हें सर्दी महसूस हो रही है?"

"नहीं...नहीं," लड़के ने जल्दी से अपना हाथ उसके कन्धे पर रख दिया, "तुम जानती हो, तुम्हारे साथ रहकर मुझे कुछ भी महसूस नहीं होता।"

"कुछ भी नहीं?" लड़की के स्वर में बनावटी निराशा थी...एक चिढ़ानेवाली हँसी, जो सिर्फ़ उन लड़कियों में होती है जो फ़्लर्ट होने का बहाना करती हैं—होती नहीं।

लड़के का चेहरा हल्का-सा सुर्ख़ हो आया। वह उन लोगों में से था जो ठीक समय पर ठीक बात नहीं कह पाते। वे या तो बहुत आगे की बात कहते हैं, जिससे लड़की आतंकित हो जाती थीं, या बहुत पीछे

की बात जो सिर्फ़ निराश कर देती थी। लड़की को हमेशा लालच होता था कि वह उसकी कमज़ोरी का फ़ायदा उठा सके...लेकिन उसमें सुख नहीं था और चूँकि उनके पास समय बहुत कम रहता था, वे दोनों ही सँभल-सँभलकर चलना पसन्द करते थे। अक्सर देखा गया है कि जो लोग हमेशा संग नहीं रहते, वे एक-दूसरे के सुख के साथ खेलते नहीं, उसे सावधानी से दबोचे रहते हैं।

स्क्वॉयर से बाहर निकलकर दोनों एक सँकरी सड़क पर चलने लगे। यहाँ दुकानें ज़्यादा नहीं थीं। किसी लुटे-पिटे होटल या 'बियर-पब' की 'नियोन-लाइट' अँधेरे में टिमटिमा जाती थी। वह उपनगर का इलाक़ा था, शहर की बाहरी सीमा पर एक पुराना सिनेमा, एक पेट्रोल स्टेशन, दो नाच घर और आख़िर में बसों का उजाड़ अड्डा। सब कुछ एक ही सड़क पर था और वह सड़क उनके शहर की रोशनियों के अन्तिम सिरे पर थी।

टिकटघर में टिकट देनेवाली स्त्री ऊँघ रही थी। उन दोनों को देखकर वह झुँझला-सी उठी। उसने शायद यह आशा छोड़ दी थी कि अब कोई आएगा। वह एक उपनगर का सिनेमा था और उसमें सिर्फ़ वही फ़िल्में दिखाई जाती थीं, जो शहर के केन्द्र के बड़े सिनेमाघरों में महीनों पहले घूम चुकी होती थीं।

"ठहरो...मैं लेता हूँ।" लड़के ने पैसे निकालने के लिए कोट की अन्दरूनी जेब में हाथ डाला। किन्तु लड़की ने उसकी प्रतीक्षा नहीं की। वह जानती थी, लड़के की छात्रवृत्ति उसके अपने वेतन से बहुत कम है। वह अजायबघर में पुरानी तसवीरों के उखड़े रंगों को भरने का काम करती थी और लड़का कभी-कभी हँसी में उसे 'मिस रेस्टोरेटर' कहा करता था।

लड़की ने उसकी प्रतीक्षा नहीं की और बटुए से एक मुड़ा-तुड़ा नोट निकालकर खिड़की पर रखकर टिकट उठा लिये। इस बीच लड़का दूसरी ओर देखने लगा था, जहाँ फ़िल्म की तसवीरें लगी थीं।

ऐसे मौक़ों पर उसे अपनी स्थिति काफ़ी बेहूदा-सी जान पड़ती थी, किन्तु वह विरोध नहीं करता था, क्योंकि विरोध करने से लड़की की आँखों में उसकी स्थिति और भी अधिक बेहूदा हो जाने का ख़तरा बना रहता था।

भीतर बहुत कम लोग थे। फिल्म शुरू हो चुकी थी और पीछे की सब सीटें ख़ाली पड़ी थीं। टिकट जाँचनेवाली लड़की ने 'टॉर्च' जलाने की ज़रूरत भी महसूस नहीं की—वे जहाँ मन आए, वहाँ बैठ सकते थे। वे ऐसी जगह बैठ गए, जहाँ पीछे से कोई उन्हें नहीं देख सकता था। अँधेरे ज़ीनों के अलावा सिनेमाघर ही ऐसी जगह थी, जहाँ वे एक-दूसरे में सुरक्षित रह सकते थे।

लड़के ने उसे धीरे से चूमा। फिर अपना हाथ उसके घुटने पर रख दिया, जहाँ उसकी 'स्कर्ट' का सिरा था। कुछ पीछे की तरफ़ जुराबों के बटन थे...लड़की ने हँसकर उसके हाथ रोक लिये और अपनी 'स्कर्ट' घुटनों के नीचे खींच ली। उनकी आँखें परदे पर उठ आईं। वह एक पुरानी इतालवी फ़िल्म थी—और उसके नीचे उप-शीर्षक आते थे। शुरू में वे उन्हें पढ़ लेते थे, लेकिन फिर लड़की ऊब गई, "क्या तुम ज़रा ज़ोर से पढ़ सकते हो?" उसने लड़के से कहा। लड़का धीमे स्वर में शीर्षक पढ़ने लगा। लेकिन वे बहुत जल्दी बदल जाते थे और वह आधा वाक्य पढ़कर बीच में ही रुक जाता था। कुछ देर बाद हताश होकर वह चुप हो गया। लड़की सो रही थी और जब वह चुप हो जाता था तो वह दोबारा जाग जाती थी और उलाहना-भरे स्वर में उसे पढ़ने के लिए कहती थी। कहती थी कि वह सब सुन रही है, किन्तु ज्योंही वह दोबारा पढ़ना शुरू करता, वह फिर सोने लगती। उसका सिर लड़के के कन्धे पर सिमट आया था। होंठ खुले रह गए थे और कभी-कभी वह बीच में कुछ बुदबुदा देती थी। लड़का सुनने की कोशिश करता, किन्तु एक-आध शब्दों के अलावा उसे कुछ न समझ आता और वह फिर

'ल स्ट्रादा' की पगली हीरोइन की तरफ़ देखने लगता। फ़िल्म ख़त्म हो जाने के बाद उसने अपने कन्धे से उसका चेहरा उठा दिया।

"सुनो..." उसने बहुत कोमल स्वर में कहा, "हमें बाहर चलना चाहिए।"

हॉल की रोशनी में लड़की की आँखें झिपझिपा-सी गईं। एक खिसियानी-सी मुस्कराहट उसके होंठों पर सिमट आई थी।

वे बाहर आ गए। थोड़ा-सा सो लेने के बाद लड़की को बहुत हल्का-सा लग रहा था। लग रहा था, मानो देह की गाँठें एक-एक करके खुल गई हों!

"मैं बीच में ही सो गई थी," लड़की ने बालों को सँवारते हुए कहा, "आख़िर में उस 'पगली' का क्या हुआ?"

"वह पागल नहीं थी...सिर्फ़ दीखती थी," लड़के ने कहा।

"वह अजीब ढंग से हँसती थी," लड़की ने कहा।

"हाँ..." लड़का चुप हो गया। ऐसी हँसी उसने पहली बार देखी थी। उसे देखकर सहसा वे सब चीज़ें याद हो आती थीं जो आदमी बड़ा होकर खो देता है। उस लड़की ने कुछ भी नहीं खोया था और इसलिए वह ख़ुद खो गई और पागल-सी लगती थी।

"सुनो..." उसने लड़के का हाथ पकड़ लिया। लड़के ने उसकी ओर देखा।

"मैं एक आइसक्रीम लूँगी," लड़की ने कहा।

सिनेमा से सटा 'बूफे' था। लड़के ने अपने लिए एक गिलास लिमलेट ली और उसके लिए आइसक्रीम। इस बार लड़की ने पैसे देने के लिए आग्रह नहीं किया, वह छोटा-मोटा ख़र्च लड़के को करने देती थी। जब दोनों 'बूफे' से बाहर आए, अँधेरे पर एक फीका-सा आलोक छितर आया था, एक भूरे रंग का उजाला, जिसे सर्दी पीछे छोड़ जाती है, और गर्मी उसे निगलती नहीं। शहर की रोशनियों में वह दब जाता है,

लेकिन बाहर खुले उपनगर के इलाक़े में आते ही उसकी चमकीली परतें हवा में खुलने लगती हैं।

सड़क के अन्तिम छोर पर आकर वे ठिठक गए। शहर की सड़क यहाँ आकर दूसरी सड़कों में बँट गई थी। बीच चौराहे में 'ट्रैफ़िक लाइट' थी और उसके ऊपर बहुत से तीर लगे थे—अलग-अलग दिशाओं की ओर इशारा करते हुए। बर्लिन, पेरिस, न्यूरमबुर्ग, ड्रेसडन...हर शहर का नाम 'ट्रैफ़िक लाइट' में चमक रहा था। वह उस शहर की सीमा थी। चौराहे पर खड़े होकर लगता था मानो वे यूरोप के बीचोबीच खड़े हों।

"कितने शहर हैं..."

लड़की की आँखों में गहरा-सा विस्मय छलक आया था और दबा-सा डर जो केवल उन लोगों में होता है, जिनके आगे सारी उम्र पड़ी होती है। वह कुछ उसी क़िस्म का होता है, जब हम किसी बहुत नाज़ुक और क़ीमती चीज़ को हाथ में पकड़ते हैं। उसे छूने का इतना सुख नहीं होता, जितना हाथ से उनके छूट जाने का डर।

"कहाँ जाना चाहोगी?" लड़के ने हँसकर पूछा।

"ड्रेस्डन—फिर लाइपजिग, फिर..."

"फिर?" लड़के ने पूछा।

"फिर..." लड़की सोचने लगी। दुकानों की प्रदर्शन-खिड़कियों के बाद उनका सबसे प्रिय खेल यही था—वे मौक़े-बे-मौक़े उन शहरों की चर्चा किया करते थे, जिन्हें उन्होंने अभी तक नहीं देखा था। यों दोनों ने ही काफ़ी शहर देखे थे—लड़की ने बचपन में, अपने माता-पिता के साथ और लड़के ने कुछ बरस पहले, जब वह उस लड़की से नहीं मिला था। लेकिन एक साथ वे कहीं नहीं गए थे और हमेशा उसके बारे में सोचते थे, जब वे एक साथ रहेंगे...रोम या पेरिस के किसी सस्ते होटल में। शायद उन्हें रोम या पेरिस का भी उतना शौक़ नहीं था, जितना इस बात का कि उन्हें होटल में अपने लिए अलग कमरा मिल सकेगा।

एक कमरा, जिसके साथ स्नानघर जुड़ा होगा और वह दिन-भर घूमने के बाद फ़व्वारे के नीचे नहाएगी, जबकि लड़का कमरे में बैठकर उसकी प्रतीक्षा करेगा। और नहाने के बाद वह अपने बिस्तर को तैयार करेगी और लड़का अपने बिस्तर को...हालाँकि उन्हें मालूम होगा कि उन्हें सिर्फ़ एक बिस्तर की ज़रूरत पड़ेगी...यह सुख था। यह सबसे बड़ा, सबसे अविश्वसनीय, सबसे चमत्कारपूर्ण सुख था...। फिर वह सहसा रुक गई। सुख की कोई बात पहले से नहीं सोचनी चाहिए, यह उसका बहुत पुराना अन्धविश्वास था। वह सोचने के साथ ही मर जाता है और बाद में उसी ढंग से जीवित नहीं होता, जिस ढंग से हमने उसे सोचा था...।

"तुम्हारी आइसक्रीम पिघल रही है," लड़के ने कहा।

लड़की की आँखें उन तीरों पर टिकी थीं, जो 'ट्रैफ़िक लाइट' में चमक रहे थे।

वे वापस मुड़कर अपने शहर की तरफ़ चलने लगे। दूर से बाँध की रोशनियाँ दिखाई दे रही थीं, नदी की धुंध पर धब्बों-सी गिरती हुई। वे उस पुराने पुल पर दोबारा चले आए थे, जिस पर कुछ देर पहले उसने मृत्यु के बारे में सोचा था। पुल पर संतों की मूर्तियाँ अब अँधेरे में छिप गई थीं। सिर्फ़ उनके सिर, जो प्रार्थना में झुके थे, ट्राम की रोशनियों में झिलमिला जाते थे।

"कल..." लड़के ने पूछा, "कल तुम अजायबघर के सामने ही मिलोगी?"

"हाँ...लेकिन कल गर्म पानी का दिन है। कल मैं सीधे घर जाऊँगी, मैं एक महीने से नहीं नहाई।"

लड़का चुपचाप चलता रहा। उसे उन गर्म पानी के दिनों से घृणा थी, क्योंकि उन दिनों उसे अकेले होस्टल में सारी शाम बितानी पड़ती थी। उसे कभी समझ में नहीं आता था कि कोई गर्म पानी की ख़ातिर दूसरे को कितना कष्ट पहुँचा सकता है...।

"लेकिन तुम शाम को अजायबघर आ सकते हो...हम कम-से-कम घर तक साथ चल सकते हैं," लड़की ने दिलासा देते हुए कहा।

वे अब दोबारा घरों के नीचे आ गए थे। घर जाने से पहले लड़के-लड़कियों के झुंड किसी 'बियर पब' या 'काफ़े' के आगे दिखाई दे जाते थे। हवा में चारों तरफ़ कोयलों की, सूखते कपड़ों की, घर-गृहस्थी की जानी-मानी गन्धें जमा हो गई थीं। कभी-कभार कोई छोटी-सी लड़की अपने हाथों में बियर का छलछलाता 'मग' उठाकर घर की तरफ़ जाती हुई दिखाई दे जाती। कुछ देर बाद वे एक सूनी सड़क पर आ गए। यहाँ कोई 'पब' नहीं था...। सिर्फ़ पुराने मकान थे, जो एक सदी से वहाँ खड़े थे। गली का बिजली-खम्भा उजाड़ पड़ा था, सिर्फ़ कभी-कभी कोई बिल्ली बड़ी सतर्कता से इधर-उधर देखकर एक मकान से दूसरे के ज़ीने की तरफ़ भाग जाती थी।

लड़की सहसा ठिठक गई। वह ऊपर देख रही थी, जहाँ कमरों का आत्मीय आलोक था। खुली खिड़की से रोशनी की एक शहतीर गली के आर-पार खिंच आई थी। दो-तीन छायाएँ परदों पर फिसलती हुई मकान के अज्ञात कोनों में खो जाती थीं।

"क्या देख रही हो?" लड़के के स्वर में अधीरता थी।

"तुमने देखा नहीं?" लड़की की आँखें ऊपर उठ आई थीं। उन पर शान्ति थी। एक सँकरी गली, पुराने मकानों की छतें हवा में डोलते हुए 'एरियल-पोल', जिन पर फँसी हुई कोई पतंग अँधेरे में फड़फड़ा उठती थी।

दीवारों के बीच एक खिड़की खुली थी और एक सिर बाहर की तरफ़ झुका था। एक अधेड़ स्त्री का सिर, जिसके सफ़ेद बाल बिजली की रोशनी में रुई के छल्लों से दीखते थे। पीछे कमरे का एक हिस्सा दिखाई देता था...दीवार पर लगी कुछ तसवीरें, किताबों की एक अलमारी, पियानो, फूलों का एक गुलदस्ता...।

कुछ देर तक वे चुपचाप अँधेरे में खड़े रहे। लड़की की देह रह-रह सर्दी में ठिठुर जाती थी।

"वह हमारी तरफ़ देख रही है," लड़के ने फुसफुसाते हुए कहा।

लड़की डर-सी गई। उसने लड़के का हाथ पकड़ लिया।

"हमें यहाँ से चलना चाहिए," उसने धीरे से कहा। लेकिन लड़का हिला नहीं और ऊपर देखता रहा—जैसे उसकी निगाहें किसी मोहपाश में बँध गई हों...एक कमरा, परदे, दीवार पर किसी की तसवीर की छाया, पियानो पर रखे फूल। वह स्त्री सचमुच उनकी ओर देख रही थी—उसकी क्लान्त, थकी आँखों से एक भीना-सा मोह छलक आया था, मोह भी उतना नहीं, जितनी एक चाह, जो उसके चेहरे से अलग थी और कमरे के आलोक में बहुत निर्जन-सी जान पड़ती थी—वह कुछ देर तक अपलक उन दोनों को देखती रही, जो बाहर गली के अँधेरे में ठिठुर रहे थे। फिर एक छोटी, गरमाई-सी मुस्कान उसके अधेड़ चेहरे पर फैल गई...एक स्वप्निल-सी मुस्कान, जिसका उस कमरे की रसी-बसी गृहस्थी से कोई सम्बन्ध नहीं था—पियानो, परदों और गर्म आलोक से बाहर। एक क्षण के लिए वे विचलित-से हो गए। वे सहसा समझ नहीं सके कि वह उनके लिए है...या अपनी किसी खोई हुई चीज़ के लिए, जो कहीं उनके पास अँधेरी सड़क पर पड़ी है...।

"चलोगे नहीं?" लड़की ने उसकी बाँह खींचकर कहा। एक ठंडी-सी सिहरन उसकी पीठ पर फिसलने लगी थी...।

लड़का आगे-आगे चलने लगा। खिड़की पीछे छूट गई। वे देर तक एक-दूसरे के पैरों की आवाज़ सुनते हुए चलते रहे।

कुछ देर के मौन के बाद लड़की ने कहा, "तुम सोचते हो, वह अँधेरे में हमें देख सकती थी?"

लड़का कुछ सोचता रहा, फिर बोला, "वह हमें नहीं देख रही थी।"

लड़की को उसकी बात बिलकुल असंगत-सी लगी...लेकिन फिर उसे वह कमरा याद हो आया, जिसे उन्होंने बाहर अँधेरे में देखा था।

"तुमने देखा...वहाँ फूल रखे थे," लड़की ने कहा। लड़का चलता रहा...उसने भी देखे थे। कुछ कमरे हमेशा फूलों से भरे होते हैं। उसने सोचा, फिर उसे याद आया कि वह यह बात पहले ही लड़की से कह चुका है। उसकी दादी अपने कमरे में ही मरी थी और फूलों के बीच उनका चेहरा सोई हुई गुड़िया-सा दिखाई देता था।

कुछ देर बाद वह शहर की सीमाओं में चले आए। वह यही हिस्सा था, जहाँ से वे उस शाम गुज़रे थे। 'नियोन-लाइट' में चीज़ों के विज्ञापन जल-बुझ रहे थे। चमचमाती प्रदर्शन-खिड़कियों के आगे लोगों की भीड़ जमा थी। आकाश खुलकर समूचे शहर पर फैल गया था।

कोई और शाम होती तो वे हर दुकान के आगे खड़े होकर बहस करते। कौन-सी चीज़ उनके होनेवाले कमरे में अच्छी लगेगी, इस पर एक-दूसरे की राय पूछते। लेकिन उस घड़ी किसी भी दुकान ने उन्हें अपनी ओर आकर्षित नहीं किया। चीज़ों का शौक़ मर-सा गया था।

उन्हें इस बात की तसल्ली थी कि उनका कोई कमरा नहीं है और पहली बार उन्हें यह बात काफ़ी अच्छी-सी लग रही थी कि वे घरों से बाहर, सड़क पर चल रहे हैं।

अमालिया

उसका कन्धा पकड़कर मैं उसे सीढ़ियों तक ले आया। वह अब भी ठिठुर रहा था। उसने काँपते हाथों से अपने चेहरे को छुआ—माथे से ठुड्डी तक मानो नींद की सलवटों को पोंछ रहा हो!

"कुत्ते का बच्चा!" उसने कहा।

"धीरे बोलो...वह सुन लेगा!" मैं उसे घसीटकर बेसमेंट के दरवाज़े तक ले आया। कुछ देर तक हम दोनों देहरी पर खड़े रहे। इतनी ठंड में बाहर निकलना असम्भव-सा जान पड़ रहा था।

दरवाज़े के पीछे से लड़की के हँसने का स्वर सुनाई दिया—ऊँचा, कोमल और साफ़...।

मैंने दरवाज़ा खोला। बाहर रात थी। शुरू नवम्बर का अँधेरा चारों ओर फैला था। लैम्प-पोस्ट के नीचे पीले दायरे में हमारी छायाएँ चोरों की तरह सरक रही थीं।

"बेशर्म...बेहूदा!" उसने चीख़ते हुए कहा। इस बार मैंने उसे मना नहीं किया। यों भी बाहर के अँधेरे में हमें सुननेवाला कोई नहीं था।

कुछ दूर जाकर हम ठिठक गए। पीछे मुड़कर हमने उस इमारत को देखा, जहाँ हमारा बेसमेंट था—सड़क से नीचे, अँधेरे में छिपा हुआ। ऊपर-नीचे बिस्तर लगे रहते थे—अस्पताल के वॉर्ड की तरह। दिन-भर शहर में निरुद्देश्य घूमने के बाद जब हम वहाँ लौटते थे, तो हमेशा एक कड़वी-सी गन्ध हमें पकड़ लेती थी। वह बासी हवा की बदबू है, या हमारे अनधुले, सीलन-भरे बिस्तरों की दुर्गन्ध, यह कहना बहुत मुश्किल था। उसके बारे में हमने अनुमान लगाना छोड़ दिया था, क्योंकि हमें डर था कि कहीं मरे हुए चूहों की गन्ध न हो। डर सबको था, लेकिन उसके बारे में कहता कोई कुछ नहीं था।

हर सुबह मिनिस्ट्री के दफ़्तर में जाकर हम प्रतीक्षा करते थे। उन्होंने हमसे कहा था कि ज्योंही हमारे काग़ज़ तैयार हो जाएँगे, हमें दूसरे शहर में भेज दिया जाएगा। हमें यह नहीं बताया गया था कि वे दूसरे शहर कहाँ हैं और कौन से हैं। लेकिन हमें उसकी चिन्ता नहीं थी, क्योंकि हमें मालूम था कि वे उतने ही अजनबी और कम-से-कम हमारे लिए—उतने ही नये होंगे, जितना यह शहर था, जहाँ हम रह रहे थे।

दफ़्तर में बैठकर हम देर तक प्रतीक्षा करते थे। उन दिनों हमें प्रतीक्षा करना अखरता नहीं था। हमारे पास बहुत-सा ख़ाली समय था और वहाँ बैठकर हम बेसमेंट की सर्दी और दुर्गन्ध से बच जाते थे। यों भी एक जाने-पहचाने दफ़्तर में प्रतीक्षा करना हमें अजनबी शहर की गलियों में घूमने की अपेक्षा ज़्यादा सुखद प्रतीत होता था।

'क्या यहाँ आपको अच्छा नहीं लगता?' दफ़्तर में काम करनेवाली एक अधेड़ महिला हमसे हर रोज यही एक प्रश्न पूछती थी। वह एक बहुत सहृदय स्त्री थी और उसे हमेशा यह देखकर काफ़ी खेद होता था कि हम लोग, जो वहाँ नये-नये आए थे, शहर में घूमने की बजाय हर

रोज़ अपना समय दफ़्तर में बर्बाद करते थे। शुरू-शुरू में उसने मिनिस्ट्री की ओर से हमें थिएटर और ऑपेरा के पास भी दिये थे, ताकि हम शाम के समय अकेला महसूस न करें। लेकिन जब उसने देखा कि हम पास जेब में रख लेते हैं और आते-जाते कहीं नहीं, तो वह हमारी तरफ़ से हताश हो चली थी। 'सिर्फ़ कुछ दिन और'...वह उदास निगाहों से हमारी ओर देखने लगती। हम समझ लेते कि हमारे जाने का समय आ गया है। हम उठकर उससे हाथ मिलाते और धन्यवाद देकर वापस लौट आते थे।

दिन के समय कोई कहाँ जाता है, हमें इसके बारे में कुछ मालूम नहीं था। लेकिन शाम को जो पहले आ जाता, वह अनिवार्यत: दूसरों की प्रतीक्षा करता। सिर्फ़ वह ब्राजीलियन शायद कहीं नहीं जाता था। शाम को जब मैं वापस लौटता, उसे हमेशा बिस्तर पर लेटे देखा करता था। कुर्सी पर उसकी गिटार रखी रहती और मेज़ पर माँ का फ़ोटो। वह फ़ोटो उसने पहले ही दिन मुझे दिखाया था और मैं कुछ दुविधा में पड़ गया था, क्योंकि अगर कोई तुम्हें अपनी प्रेमिका या पत्नी का फ़ोटो दिखाए तो तुम बेझिझक कह सकते हो कि वह बहुत सुन्दर है, किन्तु किसी की माँ के बारे में कुछ भी कहना असम्भव है, चाहे वह बहुत सुन्दर क्यों न हो, जैसे ब्राजीलियन की माँ थी। वह सुन्दर भी थी और जवान भी और अगर वह मुझे यह न बताता कि वह उसकी माँ का फ़ोटो है, तो शायद मैं कुछ और ही समझ लेता। मैं कुछ और न समझ लूँ, इसीलिए शायद उसने मुझे शुरू में ही उसके बारे में बता देना उचित समझा था।

"बाहर कैसा है?" वह लेटे-लेटे पूछता।

"कल की तरह," मैं कहता।

"यहाँ आज बहुत सर्दी थी," वह कहता।

"बाहर आज धूप निकली थी, लेकिन सर्दी कल की ही तरह तेज़ थी," मैं कहता।

हम इसी तरह बोलते—एक वाक्य के बाद दूसरा वाक्य, जैसे टूरिस्टों की सुविधा के लिए लिखी गई किताबों में विदेशी भाषा में बातचीत के नमूने दिये होते हैं। हम इन आसान वाक्यों के अलावा कभी-कभी इशारों से भी बातचीत कर लेते थे, लेकिन कुछ देर बाद हम ऊब जाते, क्योंकि शब्द और इशारों के बीच फैले शून्य को भरने के लिए जो अपनापन ज़रूरी होता है, वह हममें नहीं था। उसे बनाने के लिए जो धैर्य चाहिए, वह दिन-भर की थकान-तले भर जाता था। कभी-कभी ऐसा भी होता है कि दो व्यक्ति उस समय तक खुलकर आपस में बातचीत नहीं कर पाते, जब तक कोई तीसरा भी मौजूद न हो। हमारे साथ भी कुछ ऐसा ही था। जब तक वह अरब नहीं आ जाता था, हम अपने-अपने बिस्तर पर चुपचाप लेटे रहते थे।

हम उसकी प्रतीक्षा किया करते थे।

वह अक्सर देर से लौटता और इसी में उसका बड़प्पन भी था, क्योंकि हम हमेशा यह जानने के लिए उत्सुक रहते कि उस अजनबी शहर में वह इतनी देर तक कहाँ घूमता रहता है। उसे स्वयं अपने बड़प्पन पर काफ़ी गुमान रहा होगा, ऐसा मैं सोचता हूँ। बेसमेंट में आते ही वह बहुत व्यस्त भाव से अपना कोट उतारता, फिर जैकेट, फिर पैंट, फिर जाँघिया, जैसे हम वहाँ न हों! फिर आईने के सामने खड़े होकर वह कन्धे से अपने काले, घुँघराले बालों को सँवारने लगता। हमें वह काफ़ी लापरवाही से देखता और देखकर तनिक हैरान होने का बहाना करता, मानो उसे पता न हो कि वह भी हमारी ही तरह उस अँधेरे बेसमेंट का निवासी है।

"खाना खा लिया?" वह पूछता।

"नहीं..." यह स्वीकार करना असम्भव-सा लगता कि हम उसकी राह देख रहे थे।

कपड़े बदलने के लिए वह अपना सूटकेस खोलने लगा। वह बढ़िया पीले चमड़े का सूटकेस था। काफ़ी भारी रहा होगा। पहले दिन जब वह

आया था, मुझे और ब्राजीलियन को उसे बेसमेंट की सीढ़ियों से उतारने में मदद करनी पड़ी थी। रात को सोने से पहले उसने उसे खोला था। हम दोनों उत्सुक दर्शकों की तरह आस-पास खड़े थे। पहले उसने दो डिनर-सूट और आधा दर्जन नायलॉन की कमीज़ें बाहर निकालीं, और रंग-बिरंगी टाइयाँ, रूमाल और बनियानें। हम मंत्रमुग्ध-से होकर देखते रहे। सहसा उसके हाथ ठिठक गए। आधी रहस्यमय, आधी कौतुकभरी निगाहों से उसने हमारी ओर देखा। "कुछ और देखना चाहोगे?" उसने झूठी फुसफुसाहट में हमसे पूछा।

वह धीरे से मुस्कराया, जैसे कोई मदारी अपनी पिटारी खोलने से पहले आस-पास खड़े लोगों की उत्सुकता को पूरी तरह से निचोड़ लेना चाहता है।

उसने सूटकेस में से तीन-चार लम्बे रेशमी स्कार्फ़, लड़कियों के इस्तेमाल की बढ़िया नायलॉन-जुराबें, मोतियों के हार और कंगन बाहर निकाले।

"चालीस डालर!" उसने कहा।

"चालीस डालर?" ब्राजीलियन की आँखें फैल गईं।

"ये चीज़ें यहाँ नहीं मिलतीं," अरब ने कहा।

"तुम इन्हें बेचोगे?"

"मैं दुकान खोलने नहीं आया।" अरब ने तिरस्कार से हमारी ओर देखा। "यहाँ कब से हो?" उसके स्वर में हल्की-सी हिकारत भरी थी।

"यह पाँचवाँ दिन है।" ब्राजीलियन ने अपनी पाँचों उँगलियाँ हवा में फैला दीं। हम दोनों एक साथ आए थे, लेकिन मुझे नहीं मालूम था कि वह एक-एक दिन इतने धैर्य से गिनता रहा है।

अरब ने सिर हिलाया और चुपचाप अपना सूटकेस बन्द करने लगा। हम सहसा उसकी निगाहों में गिर गए थे।

रेस्तराँ हमारे बेसमेंट से ज़्यादा दूर नहीं था, लेकिन अँधेरी गलियों में से चलते हुए हमें वह फ़ासला अन्तहीन जान पड़ता था।

दोनों तरफ़ ऊँचे मकान थे—पुराने और गए-बीते। बीच में कभी-कभी कोई खोखल दिखाई दे जाता और खोखल के आगे ईंटों-चूने का ढेर। लड़ाई के दिनों में जो मकान ढह गए थे, उनका मलबा अभी तक जहाँ-तहाँ पड़ा दिख जाता। जब चाँदनी रात होती तो मलबे के इन पिरामिडों में हमें अजीब-सी चीज़ें मिल जातीं—बच्चों की गुड़ियाएँ, शेव करने के ब्रश या पन्द्रह-बीस साल पहले के अख़बार। ब्राजीलियन अक्सर इन चीज़ों को चुनकर बेसमेंट में ले आता। अरब को और कभी-कभी मुझे भी यह आदत हास्यास्पद जान पड़ती, हालाँकि हमारी अपनी आँखें कुछ-न-कुछ टटोलती रहतीं। वह एक बहुत पुराना शहर था, और चाँदनी रात में हमें लगता, जैसे हर दीवार के कोने में, हर पत्थर के नीचे कोई ऐसा रहस्य छिपा है, जो हाथ बढ़ाते ही पकड़ में आ जाएगा। एक रात रेस्तराँ जाते हुए अरब ने मिट्टी के ढेर से जो चीज़ निकाली, वह हमें कुछ देर के लिए अस्थिर-सा कर गई। वायलिन—पूरा, साबुत और सचमुच का वायलिन। वह एक मकान की भग्न दीवारों के बीच मलबे में धँसा था। अरब कुछ देर तक उसे उलटता-पलटता रहा।

"किसी यहूदी का जान पड़ता है," उसने कुछ देर बाद कहा।

"यहूदी का कैसे?" ब्राजीलियन ने पूछा।

"और किसका हो सकता है?" अरब ने कहा।

इस अकाट्य तर्क के आगे ब्राजीलियन ने कोई विरोध करना व्यर्थ समझा। किन्तु उसके बाद जो कुछ अरब ने किया, उसका विरोध किये बिना हम नहीं रह सके। अरब के उस वायलिन को मलबे के ढेर में छिपा दिया—उसी जगह, जहाँ से उसने उसे उठाया था। इस पर ब्राजीलियन को काफ़ी गुस्सा आया, "अगर तुम नहीं चाहते, तो मैं इसे घर ले जाऊँगा।"

"तुम इसे कहीं नहीं ले जाओगे!" अरब ने फैसला किया।

संगीत में मेरी दिलचस्पी ज़्यादा नहीं, लेकिन इस तरह वायलिन को हाथ से जाता देख मुझे भी कष्ट हुआ। अरब ने शायद हमारे कष्ट को पहचानकर हमें समझाते हुए कहा, "किसी मरे हुए आदमी की कोई चीज़ नहीं उठानी चाहिए, चाहे वह यहूदी ही क्यों न हो।"

"तुम्हें कैसे मालूम कि वह मर गया है?" मैंने पूछा।

"अगर वह ज़िन्दा है," अरब ने कहा, "तो भी इसे नहीं उठाना चाहिए, क्योंकि वह किसी भी वक़्त अपनी चीज़ लेने के लिए आ सकता है।"

उस समय हमें काफ़ी बुरा लगा, लेकिन फिर जब हमने चाँदनी में भीगती टूटी दीवारों और ईंटों को देखा तो हमें अजीब-सी तसल्ली हुई कि यहूदी का वायलिन मलबे के ढेर-तले छिपा है और उसे कोई नहीं उठा सकता।

आधी रात की घड़ी तक हम रेस्तराँ में बैठे रहते। मैं और अरब थोड़ा-बहुत पी लेते, लेकिन ब्राजीलियन हाथ भी न लगाता था। एक बार हमने थोड़ी-सी ज़ोर-ज़बरदस्ती की थी, किन्तु आधा गिलास बियर पीकर उसने पूरा गिलास-भर उल्टी की—मेज़ पर ही। उसके बाद हमने कभी उससे पीने के लिए ज़िद नहीं की। जब कभी हम रौ में आकर कुछ ज़्यादा पीने लगते तो ब्राजीलियन हमें घूरने लगता। कहता कुछ नहीं था, लेकिन उसके इस तरह घूरने पर हमें असुविधा-सी महसूस होती और हम बाहर आ जाते।

जब बाहर आते तो हमारी ज़बान खुल जाती। यों भी पीने के बाद हमें खुला-खुला-सा महसूस होता। हमें लगता कि हम उतने अकेले नहीं हैं जितना बेसमेंट में महसूस होता है। वापस लौटते हुए हमें अक्सर घरों के दरवाज़ों पर लड़के-लड़कियों के जोड़े मिल जाते। अरब उन्हें देखकर सीटी बजाने लगता। वे हमें मुड़कर देखते और हँसने लगते।

कभी-कभी हम उनके बहुत पास से होकर गुज़र जाते और उन्हें पता भी न चलता, हम सिर्फ़ उनकी फुसफुसाहट ही सुन पाते।

"इन्हें सर्दी नहीं लगती?" ब्राजीलियन कहता।

"लगती क्यों नहीं?" अरब कहता, "लगती है, तभी तो एक-दूसरे से चिपटकर खड़े हैं।"

अँधेरे में हमें लड़कियों की सफ़ेद फ्रॉकें दिखाई देतीं और एक अजीब-सी सुगन्ध, जिसका सम्बन्ध न अतीत से होता, न भविष्य से, जो सिर्फ़ पुराने शहर की हवा में तिरती हुई हमारी नसों को खटखटा जाती।

बेसमेंट में आकर हम चुपचाप अपने-अपने बिस्तरों पर लेट जाते। चूहों की आपाधापी के अलावा सब कुछ शान्त रहता। सिर्फ़ एक बार मुझे दूसरे बिस्तर से हल्की-सी बुड़बुड़ाहट सुनाई दी थी। मैं सकपकाकर उठ बैठा। ब्राजीलियन ने अपनी माँ के फ़ोटो के आगे मोमबत्ती जला रखी थी। उसके आँखें मुँदी थीं और होंठ धीरे-धीरे फड़फड़ा उठते थे। शायद वह सोने से पहले प्रार्थना कर रहा था। मैं करवट बदलकर लेट गया। कुछ देर बाद मोमबत्ती बुझ गई, लेकिन बेसमेंट में मटियाला-सा उजाला रेंगता रहा। रोशनदान से हमें सड़क पर चलते लोगों के पैर घुटनों तक दिखाई दे जाते थे—छोटी-बड़ी टाँगें, ऊँची एड़ियों के सैंडिल, कठपुतलियों-से नन्हे पैर। चेहरे नहीं दिखाई देते थे, उनकी कल्पना केवल जूतों से की जा सकती थी। जब तक मुझे नींद नहीं आती थी, मैं सड़क पर चलते 'थिएटर' को देखता रहता था।

उस रात हम देर तक अरब के आने की प्रतीक्षा करते रहे। वह काफ़ी देर से लौटता था, लेकिन इतनी देर कभी नहीं होती थी। बाहर जाने से पहले हमने एक चिट बेसमेंट के दरवाज़े पर लगा दी थी, ताकि उसे पता चल सके कि हम रेस्तराँ में बैठे हैं। लेकिन जब हम वापस लौटे तो हमारी चिट दरवाज़े पर वैसी ही लगी थी, जैसी हम उसे वहाँ छोड़ गए थे।

"पता नहीं, कहाँ गया है?" ब्राजीलियन ने तनिक चिन्तित स्वर में कहा।

"यहाँ उसके बहुत से दोस्त हैं...शायद किसी के साथ रह गया होगा," मैंने कहा।

अरब के न होने से हम सहसा सूने-से पड़ गए थे। जब वह होता था तो कभी-न-कभी कोई चर्चा छेड़ देता था—अपने दिन-भर के क़िस्से, झूठे-सच्चे अनुभव। वह शहर हमारे लिए अजनबी था और जब हम कोई विचित्र या अपरिचित चीज़ देखते तो एक-दूसरे से उसके बारे में पूछताछ करते थे। हममें से सबसे ज़्यादा अनुभवी वह अरब था और हालाँकि उसे म्यूज़ियमों या पुराने गिरजों में ज़रा भी दिलचस्पी नहीं थी, वह अक्सर हमें स्ट्रिपटीज़ के अड्डों, नाइट क्लबों और नाचघरों के बारे में अपने रोमांचकारी अनुभव बताना नहीं भूलता था।

उस रात देर तक मुझे नींद नहीं आ सकी। लेकिन फिर भी मैं चुपचाप सोने का बहाना करता रहा, ताकि ब्राजीलियन निश्चिन्त होकर अपनी प्रार्थना शुरू कर सके। किन्तु बेसमेंट में सन्नाटा घिरा रहा और मुझे उसके बिस्तर से कोई भी आवाज़ सुनाई नहीं दी। सिर्फ़ कभी-कभी दीवार के काग़ज़ों के पीछे से चूहों की भयावह घुर्र-घुर्र कानों में पड़ जाती थी।

"तुम सो रहे हो?" अँधेरे में उसका स्वर सुनाई दिया। मैंने सोचा, वह मेरी परीक्षा ले रहा है। मैं दम रोककर मचला पड़ा रहा।

"सुनो..." इस बार उसके स्वर में हल्की-सी बेचैनी थी और मैं सोने का बहाना नहीं कर सका। "क्या बात है?" मैंने करवट बदली।

"यहाँ तुम्हारे कोई दोस्त हैं?" उसने पूछा।

"नहीं," मैंने कहा।

"एक भी नहीं?" उसने पूछा।

"नहीं...एक भी नहीं," मैंने कहा।

कुछ देर तक हम चुपचाप अँधेरे में लेटे रहे।

"क्यों, क्या बात है?" मैंने पूछा।

"कुछ नहीं...ऐसे ही।" उसका स्वर शान्त और निश्चिन्त-सा हो आया था।

मैं करवट बदलकर दीवार की ओर देखने लगा। बेसमेंट की दीवार पर छोटा-सा रोशनदान था। सड़क के लैम्प-पोस्ट का फीका आलोक हमारे बक्सों और बिस्तरों पर गिर रहा था। जब बाहर कोई फ़ुटपाथ पर चलता, उसकी छाया सिनेमा-स्लाइड की तरह दूसरी दीवार पर फिसलती जाती। देर तक हम सर्दी में ठिठुरते रहे। उन रातों में मैं अक्सर सोचता कि भूख और सर्दी में कौन-सी चीज़ ज़्यादा असहनीय है। यों उसका कोई फ़ायदा नहीं था, क्योंकि हमारे पास दोनों ही थीं और हमें उनमें से किसी एक को चुनने का कष्ट नहीं उठाना पड़ता था।

गई रात मुझे वह खटखटाहट सुनाई दी थी। पहले मुझे लगा, शायद ब्राजीलियन पेशाब करने उठा हो। टायलेट पहली मंज़िल में था और हमें सीढ़ियाँ चढ़कर ऊपर जाना पड़ता था। किन्तु कुछ देर बाद जब मैंने वह खटखटाहट दोबारा सुनी तो मुझे हल्का-सा सन्देह हुआ। मैं ब्राजीलियन के बिस्तर के पास गया और अँधेरे में उसे टटोलने लगा। वह गहरी नींद में औंधा पड़ा था। एक क्षण के लिए मुझे भ्रम हुआ कि कहीं वह 'मोनिका' की आहट न हो। मोनिका हमारी बिल्ली थी, जो बाहर अपने प्रेमियों से प्यार-मनुहार करने के बाद बेसमेंट का दरवाज़ा खटखटाती थी। जब तक हममें से कोई उसे ड्योढ़ी से उठाकर अपने पलंग के नीचे नहीं सुला देता था, वह बराबर अपने पंजों से दरवाज़ा नोचती रहती थी।

अँधेरे में सीढ़ियाँ टटोलते हुए मैंने दरवाज़ा खोला।

सहसा किसी ने मेरा कन्धा पकड़ लिया।

"डरो नहीं, मैं हूँ।"

"तुम?"

"मैं आधा घंटे से दरवाज़ा पीट रहा हूँ।"

गर्म, नशीली साँसों में उसके शब्द सूखते कपड़ों की तरह फड़फड़ा जाते थे।

"हमने समझा, अब तुम नहीं आओगे।"

मैं अपने में आ गया था। बेसमेंट का दरवाज़ा आधा खुला था और बाहर की हवा बची-खुची नींद अपने साथ बहा ले गई थी।

"भीतर आ जाओ," मैंने कहा।

किन्तु वह खड़ा रहा—मेरे कन्धों को पकड़े हुए।

"वह ब्राजीलियन कहाँ है?" उसने कहा।

"सो रहा है।"

"सुनो..." उसने मेरा कन्धा थपथपाते हुए कहा, "तुम्हें कुछ देर के लिए बाहर जाना होगा।"

"बाहर?" मैंने उसकी ओर देखा।

"मेरे साथ एक लड़की है," उसने कहा।

कुछ हो रहा है, मैंने सोचा। इन पाँच दिनों में कुछ भी नहीं हुआ था।

"वह बाहर खड़ी है..." उसने धीमे स्वर में कहा, "मैं चाहता हूँ, उसके आने के पहले तुम कपड़े बदल लो।"

मैं भीतर आकर अपने पलंग पर बैठ गया। वह भी भीतर आया। बेसमेंट का दरवाज़ा खुला था।

"वह बाहर सर्दी में खड़ी है," उसने कहा।

"मुझे मालूम है," मैं वैसे ही बैठा रहा।

"मुझे वह एक नाइट-क्लब में मिली थी...बाद में मैंने उसे यहाँ आने के लिए कहा तो वह आ गई।" अरब मुझे बड़े धैर्य से सब कुछ समझा रहा था, मानो इस पर बहुत कुछ निर्भर करता हो।

"लेकिन यह...?" मैंने ब्राजीलियन की ओर इशारा किया।

"इसे भी तुम्हारे साथ जाना होगा," उसने तनिक अधीरता से कहा।

"वह सो रहा है," मैंने कहा।

"तुम इसे उठा नहीं सकते?"

एक बार इच्छा हुई, दोबारा कम्बल लपेटकर सो जाऊँ। इसलिए नहीं कि आधी रात की कड़कड़ाती सर्दी में मुझे बाहर जाने पर विशेष आपत्ति थी, किन्तु मुझे उसका यह विश्वास अखर रहा था कि वह इतनी आसानी से हमें बाहर धकेल सकता है।

"मैं तुम्हें बाहर सड़क पर जाने के लिए नहीं कह रहा," अरब ने पास आकर कहा, "तुम चाहो तो दरवाज़ा बन्द करके बरामदे में बैठ सकते हो।"

"वह बाहर सर्दी में खड़ी है," मैंने कहा।

"क्या मतलब?" उसने पूछा।

मैं कपड़े बदलने लगा। अँधेरे में जब कोई चीज़ नहीं मिलती थी—कोट, या जूते, या जुराबें—तो वह स्वयं पलंग के नीचे या मेज़ के इर्द-गिर्द झुक-झुककर मेरी चीज़ें इकट्ठा करने लगता था। उसने शायद पहले कभी किसी को तैयार कराने में इतनी तत्परता नहीं दिखाई थी। कभी-कभी मैं जान-बूझकर चीज़ों को इधर-उधर कर देता—सिर्फ़ उसे खिजाने के लिए। लेकिन कुछ देर बाद मैं ऊबने लगा—अँधेरे से, उसकी साँसों से, अपनी साँसों से।

तैयार होकर मैं जाने लगा तो उसने झपटकर मेरा हाथ पकड़ लिया। "इसे यहीं छोड़ जाओगे?" उसने ब्राजीलियन की ओर इशारा किया। बेसमेंट में होनेवाले समूचे क्रिया-कलाप से उदास बेख़बर होकर वह गहरी नींद में डूबा था।

"इसे कुछ भी पता नहीं चलेगा," मैंने कहा।

अरब कुछ देर तक अनिश्चित भाव से मुझे देखता रहा, मानो तय न कर पा रहा हो कि मैं किस हद तक गम्भीर हूँ। फिर उसने धीरे से कहा,

"मुझे इसकी चिन्ता नहीं है...लेकिन वह इसके सामने तैयार नहीं होगी।" यह वाक्य उसने काफ़ी मुश्किल से कहा होगा, क्योंकि इसके तुरन्त बाद वह मुँह मोड़कर दीवार से सट गया। इतने लम्बे डील-डौलवाला आदमी इतनी जल्दी हताश हो जाएगा, मैंने नहीं सोचा था। मैं ब्राजीलियन के बिस्तर के सामने चला आया। रोशनदान से छनते मद्धिम आलोक में उसकी माँ का फ़ोटो चमक रहा था। मैंने उसे धीरे से झकझोरा। इससे पहले कि मैं कुछ कहता, उसके कंठ से एक घुरघुराती-सी चीख़ बाहर निकल आई। उसकी सारी देह काँप रही थी।

मैंने उसे छोड़ दिया और टॉर्च जला दी, ताकि वह मेरा चेहरा देख सके। वह सँभल गया था और एक सहमी-सी मुस्कराहट उसके होंठों पर चली आई थी।

"तुम मुझे डराने की कोशिश कर रहे थे?" उसने कहा।

"हमें कुछ देर के लिए बाहर जाना होगा," मैंने कहा।

"बाहर?"

"थोड़ी सैर के लिए," मैंने कहा।

सहसा उसकी दृष्टि अरब पर जा पड़ी, जो बेसमेंट के बीच खड़ा होकर चुपचाप हमारी हरकतों को देख रहा था।

"तुम कब आए?" ब्राजीलियन ने ख़ुश होकर पूछा।

अरब का रहा-सहा धैर्य चुकने लगा था। उसने ब्राजीलियन का कोट पलंग पर फेंक दिया, "ईश्वर के लिए जल्दी करो! मैं रात-भर यह सर्कस नहीं देख सकता।"

"कैसा सर्कस?" ब्राजीलियन ने उत्सुकता से पूछा।

बाहर दरवाज़ा चरमराया था। एक दबी-सी खटखटाहट, जैसे किसी ने खड़े-खड़े अपने पाँव बदले हैं।

"कोई बाहर है।" ब्राजीलियन ने फुसफुसाते हुए कहा।

मैं उसका हाथ घसीटकर उसे दरवाज़े पर ले आया। हम उसे अँधेरे में ठीक से नहीं देख सकते थे, किन्तु यह देख सकते थे कि वह लड़की है और दरवाज़े की देहरी पर खड़ी है।

ब्राजीलियन के पाँव ठिठक गए।

"मैं नहीं जाऊँगा," उसने कहा।

सिर्फ़ यही चीज़ बची थी, मैंने सोचा।

"तुम जाओगे नहीं...?" अरब पीछे आकर खड़ा हो गया। उसकी साँस तेज़ी से चल रही थी, जैसे एक लम्बी, थका देनेवाली दौड़ के बाद वह हाँफ रहा हो।

"तुमने मुझे पहले क्यों नहीं बताया?" ब्राजीलियन ने मेरी ओर देखा, किन्तु इससे पहले कि मैं कुछ कहता, अरब ने उसे धीरे से दरवाज़े की तरफ़ धकेल दिया। ब्राजीलियन इसके लिए तैयार नहीं था और उसका सिर दीवार से जा टकराया। उसने बच्चों की तरह अपने माथे को छूकर देखा कि कहीं ख़ून तो नहीं बह रहा है। उसे काफ़ी निराशा हुई कि उसका माथा बिलकुल सूखा है।

लड़की देहरी पर खड़ी थी—हम तीनों के प्रति बिलकुल तटस्थ।

मुझे अब अपनी स्थिति काफ़ी हास्यास्पद-सी जान पड़ने लगी थी। इस तरह उस लड़की के सामने बच्चों की तरह लड़ना। मैंने ब्राजीलियन को छोड़ दिया और स्वयं बाहर ज़ीने में चला आया। दूसरे ही क्षण वह भागता हुआ मेरे पास चला आया। "तुम मुझे अकेला छोड़कर नहीं जा सकते," उसने हाँफते हुए कहा।

"मैंने सोचा, तुम वहीं रहना चाहते हो," मैंने कहा।

"कुत्ते का बच्चा!" उसने चीख़ते हुए कहा।

मैं उसे घसीटकर बेसमेंट के दरवाज़े तक ले आया। कुछ देर तक हम दोनों बाहर अँधेरे में देखते रहे। इतनी ठंड में बाहर निकलना असम्भव-सा जान पड़ रहा था।

बाहर नवम्बर की रात थी। नंगे पेड़ों पर धुंध चिपक गई थी। एक झीना-सा कुहरा चारों ओर फैला था। मकान खड़े थे। लेकिन एकटक देखने से लगता था, मानो वे बह रहे हों—धुंध में बह रहे हों—काग़ज़ की छुईमुई किश्तियों की तरह।

"कौन थी वह लड़की?" ब्राजीलियन ने तनिक झिझकते हुए पूछा।

"कोई रही होगी।" मैं ठिठुरने लगा था। सर्दी के कारण हाथ-पाँव सुन्न पड़ गए थे।

"उसने हमें बाहर क्यों भेज दिया?"

मैंने उसकी ओर देखा और चुप रहा। क्या वह बहाना कर रहा है या सचमुच वह कुछ नहीं समझता। फिर मैंने सोचा कि मैं समझने का जितना बहाना कर रहा हूँ, उतना ही वह न समझने का और इस लिहाज़ से हम दोनों में कोई अन्तर नहीं।

"मैं जल्दी में दस्ताने लाना भूल गया," उसने कहा।

"अगर तुम्हें सर्दी लग रही है तो हम भीतर जा सकते हैं," मैंने कहा। दरअसल चाहता मैं स्वयं था, लेकिन मैं पहल नहीं करना चाहता था।

उसने तनिक सशंकित दृष्टि से मेरी ओर देखा।

"अरब ने दरवाज़ा बन्द कर रखा है," उसने कहा।

"बेसमेंट के भीतर नहीं," मैंने कहा, "हम ज़ीने के पास खड़े हो सकते हैं...वहाँ उतनी सर्दी नहीं होगी।"

उसे मेरा सुझाव ज़्यादा पसन्द नहीं आया। यह शायद ठीक भी था। ज़ीने के अँधेरे और बासी दुर्गन्ध से बाहर की खुली ठंड कहीं ज़्यादा बेहतर थी।

"कोई रेस्तराँ नहीं खुला होगा?" उसने पूछा।

"इस वक़्त?" मैंने अपने स्वर में व्यंग्य भरने की कोशिश की, लेकिन मुझे लगा कि इस कोशिश में वह उसके स्वर में भी अधिक दयनीय हो आया है।

हम फ़ुटपाथ पर चले आए। सड़क ख़ाली पड़ी थी। एक अजनबी शहर का सन्नाटा। वह अपने शहर के सन्नाटे की तरह नहीं होता...। मुझे यह ख़याल कुछ अजीब-सा लगा। एक होता है स्वरहीन, दूसरा होता है सिर्फ़ ख़ामोश। ख़ामोशी हमेशा पहचानी-सी होती है। दुनिया शुरू होने से पहले सन्नाटा रहा होगा, ख़त्म होने के बाद सिर्फ़ ख़ामोशी और दोनों में मुझे उतना ही अन्तर जान पड़ा, जितना अपने और पराये शहर के सन्नाटे में।

"क्या तुम उस लड़की को जानते हो?" ब्राजीलियन ने पूछा।

"नहीं," मैंने कहा।

"मैंने भी उसे पहले कहीं नहीं देखा।"

"वह उससे एक डांसिंग-क्लब में मिला था।"

"तुम्हें कैसे मालूम?"

"उसने मुझसे कहा था, तब तुम सो रहे थे।"

"अगर कल हम यह बात मिनिस्ट्री में कह दें तो इस अरब के होश ठिकाने आ जाएँगे," ब्राजीलियन ने कहा। मुझे तसल्ली हुई कि उसके स्वर में पहले-जैसा ग़ुस्सा नहीं है।

चलते-चलते हम एक लैम्प-पोस्ट के नीचे आ खड़े हुए। दोनों तरफ़ पुराने मकान थे और उनकी खिड़कियाँ बन्द थीं। कभी-कभी अचानक कोई बत्ती जल जाती, तब हमें खिड़की के परदे पर कोई छाया दिखाई दे जाती थी। हम अपलक उसकी ओर देखते रहते थे। हम उस समय तक उसकी ओर देखते रहते थे जब तक खिड़की दोबारा अँधेरे में न ग़ायब हो जाती।

"तुम कभी इतनी रात में बाहर निकले हो?" ब्राजीलियन ने पूछा।

मैंने उसकी ओर देखा। "इस शहर में नहीं," मैंने कहा।

"मैं अपने शहर में भी इतनी देर तक कभी बाहर नहीं रहता था," उसने कहा। वह ठिठुर रहा था—ऊपर से नीचे तक।

"तुम्हारे दोस्त वहाँ नहीं थे?"

"थे क्यों नहीं?" उसने कहा, "लेकिन इस अरब-जैसे नहीं...।" वह एक क्षण के लिए झिझका, फिर धीरे से कहा, "हम लड़कियों को इस तरह नहीं फँसाते थे।"

"तुम्हें कैसे मालूम कि अरब ने उसे फँसाया है?"

"तुमने देखा नहीं, वह कितनी घबराई हुई-सी लगती थी?" उसने कहा।

मैंने उसकी ओर देखा—वह उन्नीस-बीस का रहा होगा। लम्बा, गोरा चेहरा। दाढ़ी की जगह उसकी ठुड्डी पर सिर्फ़ कुछ नये, कोमल बाल उग आए थे। उसकी आँखों में एक स्वप्निल-सी उदासी थी, जो इस उम्र के सिर्फ़ उन लड़कों में होती है, जिन्होंने अभी तक किसी लड़की को नहीं छुआ।

हम वापस मुड़कर फिर अपनी बिल्डिंग के आगे चले आए। भीतर कोई छोटी-बड़ी आवाज़ नहीं थी। रोशनी भी नहीं थी। ज़ीना उतरकर हम बेसमेंट के दरवाज़े के सामने ठिठक गए थे। कुछ देर तक हम अँधेरे में चूहों की खटपटाहट सुनते रहे। हर क्षण हमें यह भ्रम होता था कि कोई गिलगिली-सी चीज़ हमारे पैरों पर रपटते हुए निकल गई हो।

सर्दी यहाँ ज़्यादा नहीं थी, लेकिन यह विचार काफ़ी यातनादायी-सा लग रहा था कि हम अपने बिस्तरों से इतने कम फ़ासले पर खड़े हैं और सो नहीं सकते।

"भीतर नहीं चलोगे?" उसने कुछ इस तरह कहा, मानो मैं उसे रोके खड़ा हूँ।

"वह शायद भीतर होगी," मैंने कहा।

"अगर वह रात-भर यहाँ रहेगी तो इसका मतलब यह नहीं है कि हम रात-भर बाहर खड़े रहेंगे।" उसका स्वर रुआँसा हो आया था।

"नहीं...इसका मतलब यह नहीं है," मैंने आश्वस्त स्वर में कहा। लेकिन उसने दरवाज़ा नहीं खटखटाया, मैंने भी नहीं।

कुछ देर बाद हमें बेसमेंट के भीतर दबी-सी हलचल सुनाई दी। हमारे पैर अनायास देहरी के पास सरक आए। किसी ने धीमे से साँकल खोली थी, लेकिन दरवाज़ा पहले जैसे ही बन्द पड़ा था। मुझे लगा, जैसे कोई दरवाज़े के पीछे खड़ा है—हमारी तरह चुप और प्रतीक्षारत।

हमें वापस लौट जाना चाहिए, मैंने सोचा। लेकिन मैं हिला नहीं। ब्राजीलियन ने जाँचने के लिए दरवाज़े को धीरे से धकेला और वह फटाक से खुल गया। क्षण-भर के लिए हम जहाँ खड़े थे, वहीं खड़े रहे।

देहरी की दूसरी तरफ़ वह खड़ी थी और हम दोनों को घूर रही थी। वह घबराई हुई नहीं लगती थी, सिर्फ़ हमारी घबराहट को देख रही थी।

"टायलेट किस तरफ़ है?" उसने धीरे से पूछा।

हम चुपचाप उसकी ओर देखते रहे।

"आप लोग यहाँ नहीं रहते?"

ब्राजीलियन ने सिर हिलाया। मैंने भी। वह हमें पहचान गई थी।

"मेहरबानी करके मुझे बता सकते हैं, टायलेट किस तरफ़ है?"

"ऊपर," ब्राजीलियन ने कहा।

"ऊपर?"

मैंने सीढ़ियों की तरफ़ इशारा किया, लेकिन वहाँ अँधेरा था और कुछ भी दिखाई नहीं देता था।

"यहाँ कोई बत्ती नहीं है?" उसने पूछा।

"ऊपर है, लेकिन जीने पर नहीं है," मैंने कहा।

ब्राजीलियन ने अपनी पॉकेट-टॉर्च जला दी और ज़ीने के पास चला आया। पहली बार हमने लड़की के चेहरे को ठीक से देखा। उसके उजले बाल अस्त-व्यस्त से होकर माथे पर सिमट आए थे। लगता था, जैसे वह सीधे बिस्तर से उठकर यहाँ चली आई हो। माथा बहुत छोटा था और आँखों के नीचे हल्के नीले गड्ढे थे, मानो बहुत-सी जगी हुई रातें उन गड्ढों में घुलती गई हों।

वह भी हम दोनों को देख रही थी, बारी-बारी से। उन आँखों में न कोई डर था, न कोई शर्म...सिर्फ़ हल्का-सा कौतूहल था, जो आधी रात की घड़ी में काफ़ी बेतुका-सा लग रहा था।

"आप मेरे साथ चली आइए," ब्राजीलियन ने कहा। वह उसकी ओर देखकर मुस्करा दी। ब्राजीलियन का चेहरा गुलाबी-सा हो आया और वह टॉर्च घुमाता हुआ जल्दी-जल्दी ज़ीने पर चढ़ने लगा। लड़की उसके पीछे चली गई। सीढ़ियाँ चढ़ते हुए उसके कूल्हे घोड़े के पुट्ठों की तरह हिल रहे थे।

मैं बेसमेंट में आकर अपने बिस्तर पर बैठ गया। बाहर की ठंड के बाद भीतर की ठंड बहुत सुखद-सी लग रही थी। तकिये के नीचे से मैंने सिगरेट का पैकेट निकाला...सहसा मेरे हाथ ठिठक गए। अरब ने करवट ली थी। मैं उसके बारे में बिलकुल भूल गया था।

"तुम आ गए?" उसने कहा।

"हाँ," मैंने कहा।

"मुझे एक सिगरेट दे सकते हो?"

उसके बिस्तर के पास आकर मैंने पैकेट उसके हाथों में थमा दिया।

"वह चली गई?"

"टायलेट गई है...अभी आती होगी।"

वह कुछ देर तक चुपचाप सिगरेट पीता रहा। मैं अपने जूते उतारने लगा।

"क्या बाहर सर्दी थी?" लापरवाही के बावजूद उसके स्वर में एक छोटी-सी चिन्ता थी। मुझे वह अच्छी लगी।

"ज़्यादा नहीं," मैंने कहा।

"इस समय वह अपने होस्टल नहीं लौट सकती," उसने कहा।

"क्या वह होस्टल में रहती है?"

"उसने मुझसे यही कहा था...शायद झूठ बोल रही हो।"

मैं बिना कपड़े उतारे अपने बिस्तर पर लेट गया। मैंने सोचा, शायद वह हमें फिर जाने के लिए कहेगा। बेसमेंट में सिर्फ़ तीन बिस्तर थे... पलंग और भी थे, लेकिन वे नंगे पड़े थे। अस्पताल के उन पलंगों की तरह, जिन्हें मरीज़ के मरने के बाद कुछ देर के लिए नंगा छोड़ दिया जाता है।

फिर हमने दीवार पर रोशनी का धब्बा देखा, जो धीरे-धीरे बड़ा होता गया था। बेसमेंट के दरवाज़े पर ब्राजीलियन खड़ा था...। वह मेरे पलंग के पास आया और धीरे से फुसफुसाकर बोला, "उसका नाम अमालिया है।"

"तुम्हें कैसे मालूम?"

"मैंने उसे अपना नाम बताया, उसने मुझे अपना।" उसकी साँस ऊपर चढ़ गई थी।

"अमालिया?" मेरे स्वर में हल्का-सा सन्देह था।

"उसने मुझे कुछ और भी बताया था, लेकिन मैं समझ नहीं सका।"

"क्या बताया था?" अँधेरे में अरब का स्वर सुनाई दिया।

ब्राजीलियन चौंक-सा गया। वह भी मेरी तरह उसकी उपस्थिति भूल गया था।

दरवाज़े पर एक छोटी-सी हँसी सुनाई दी। एक उजली और उजाला देनेवाली हँसी, जो बेसमेंट की दुर्गन्ध, ठंड और अँधेरे से अलग और बाहर जान पड़ती थी।

टॉर्च की रोशनी में उसकी आँखें झिपझिपा गईं। वह दरवाज़े की देहरी पर खड़ी थी। उसकी गोद में मोनिका थी, जो हर रात हमारे दरवाज़े को अपने पंजों ने कुरेदा करती थी।

मोनिका ने अपना सिर उसके गले पर टिका रखा था।

"यह सीढ़ियों पर लेटी थी।" उसने झिझकते हुए हमारी ओर देखा।

हम तीनों अपने-अपने बिस्तर पर बैठे उसकी ओर ताक रहे थे, अपलक और निस्तब्ध।

"क्या मैं इसे भीतर ला सकती हूँ?"

अरब धीरे से गुर्राया—बिल्ली पर या उस पर, हम कोई निश्चय नहीं कर सके।

कुछ देर तक हम पता भी नहीं लगा सके कि वह कहाँ खड़ी है। बाहर बारिश गिर रही थी और रोशनदान पर उसकी बूँदों की टपटपाहट सुनते हुए लगता था मानो कोई अँधेरे में छोटे-छोटे सूराख़ कर रहा हो।

"यह खटखटाहट कैसी है?" लड़की ने अचानक पूछा।

"कुछ नहीं...चूहे हैं।" ब्राजीलियन ने कहा।

"चूहे?" उसका स्वर सहम-सा गया।

"वे बेसमेंट में नहीं आते," मैंने कहा।

"ओह!" उसने धीरज की साँस ली।

"तुम्हें चूहों से डर लगता है?" अरब ने तनिक व्यंग्यात्मक लहजे में कहा।

"मेरे पास बिल्ली है," उसने कहा।

मैं और ब्राजीलियन हँसने लगे। हमें काफ़ी ख़ुशी हुई थी। उसके उत्तर से उतनी नहीं, जितनी अरब के निरुत्तर हो जाने से। ब्राजीलियन ने मेज़ की दराज़ से अधजली मोमबत्ती निकाली, जिसे हम बहुत किफ़ायत से जलाया करते थे। वह आधी से कम ख़त्म हो चली थी और उसके इर्द-गिर्द पिघला हुआ मोम एक मुरझाए फूल-सा दिखाई देता था।

मोमबत्ती का आलोक बित्ते-भर का था, लेकिन इतना ज़रूर था कि अँधेरे को धकेलकर उसकी जगह अमालिया को ला सके। उसके आलोक में हम बहुत पास-पास हो गए थे, या लगता था कि हम बहुत पास-पास हो गए हैं।

"यह किसका फ़ोटो है?" वह कोने से खिसककर हमारे दो पलंगों के बीच चली आई थी।

"तुम्हारी प्रेमिका की?" उसने तनिक उत्सुकता से मेरी ओर देखा।

"नहीं...यह इसकी माँ है," मैंने कहा।

उसे हल्की-सी निराशा हुई और उसने फ़ोटो दोबारा तिपाई पर रख दिया। फिर उसने ब्राजीलियन की ओर देखा, "क्या यह सच है?"

तब ब्राजीलियन ने सिर हिलाया।

"मैं कभी सोच नहीं सकती कि लोगों की माँएँ इतनी जवान हो सकती हैं," उसने कहा। बिल्ली को छाती से चिपकाए वह पलंग के पैताने पर बैठ गई थी। मोमबत्ती का आलोक अब सीधे उसके चेहरे पर गिर रहा था।

"तुम लोग यहाँ अकेले रहते हो?" उसने चारों तरफ़ आँखें घुमाते हुए पूछा।

"ऊपर ऑफ़िस है...यहाँ बेसमेंट में हम रहते हैं।"

"कितने दिनों के लिए?"

"यह पाँचवाँ दिन है," ब्राजीलियन ने कहा।

यह उसका प्रिय वाक्य था। सिर्फ़ दिनों की गिनती बदल जाती थी, वाक्य वही था।

"नहीं...मेरा मतलब था, यहाँ कितने दिन और रहोगे?" लड़की ने कहा।

ब्राजीलियन ने मेरी ओर देखा।

"हम अपने काग़ज़ों के इन्तज़ार में हैं," मैंने कहा।

"जब वे तैयार हो जाएँगे, हम यहाँ से चले जाएँगे," ब्राजीलियन ने कहा।

"यह भी?" उसने अरब के पलंग की ओर इशारा किया।

"हाँ...यह भी," मैंने कहा।

उसने बिल्ली को सहलाया। उसकी मैली उँगलियों के नीचे मोनिका की सफ़ेद खाल और भी सफ़ेद लग रही थी।

"आप लोग सोएँगे नहीं?" उसने आँखें ऊपर उठाईं।

"आपके आने से पहले हम सो रहे थे," मैंने कहा।

"हमें अब ज़रूरत नहीं है," ब्राजीलियन ने जल्दी से मेरी बात सुधारते हुए कहा। "हम दिन को भी सो लेते हैं," उसने मुझे भी 'हम' में शामिल करते हुए कहा।

"आप दिन में शहर घूमने नहीं जाते?" उसने तनिक दिलचस्पी से हमारी ओर देखा।

हम चुप बैठे रहे।

"आपको शायद यह शहर पसन्द नहीं," लड़की ने कहा।

"हमें इसके बारे में ज़्यादा मालूम नहीं है," ब्राजीलियन ने कहा।

"पहाड़ी पर पुराना कासल है...सब टूरिस्ट उसे देखने जाते हैं," लड़की ने कहा।

"क्या तुम यहाँ बहुत बरसों से रह रही हो?" मैंने पूछा।

"मैं यहाँ पैदा हुई थी," लड़की ने बिल्ली को सहलाते हुए कहा।

मुझे उसका यह आत्मसन्तोष आकर्षित करने लगा था। शुरू की घबराहट अब उसके चेहरे पर नहीं थी। वह टाँगें फैलाकर बैठी थी—बिलकुल निश्चिन्त, जैसे उसे कभी कोई आश्चर्य में नहीं डाल सकता, जैसे वह उस बेसमेंट की गन्ध और हमारी दरिद्रता को अरसे से जानती हो।

अरब ने हल्का-सा घुर्राटा लिया था। लड़की ने उसकी ओर देखा।

"सो रहा है," उसने धीमे से कहा, मानो उसे डर हो कि उसकी आवाज़ सुनकर वह कहीं दोबारा न उठ बैठे।

अरब के सो जाने पर हम भी बहुत मुक्त-से महसूस कर रहे थे... हम यह भी भूल गए थे कि अभी कुछ पहले यह लड़की उस अरब के साथ अकेली थी और हम बाहर अँधेरे में काँप रहे थे।

"इसे शायद सर्दी लग रही है," ब्राजीलियन ने कहा।

वह सचमुच ठिठुर रही थी। बिल्ली के अलावा उसके पास कोई भी ऐसी चीज़ नहीं थी, जिसे गर्म कहा जा सके।

"आप अपना कोट नहीं लाईं?" मैंने पूछा।

"कोट?" वह ठहाका मारकर हँस पड़ी। "मैं उसे बार में छोड़ आई। यह तुम्हारा दोस्त बहुत जल्दी में था और मैंने इतनी पी ली थी कि मुझे याद नहीं रहा कि मैं कोट पहनकर आई हूँ।" उसने अपनी स्कर्ट के सिरे को घुटनों पर खींच लिया।

हमने इसके बारे में नहीं सोचा था। हमने कल्पना भी नहीं की थी कि वह पीकर आई थी। हमें उन दिनों पीनेवाली लड़कियाँ बिलकुल दूसरे गृह की प्राणी जान पड़ती थीं।

उस शहर में यह हमारा पाँचवाँ दिन था।

"आपका यह कमरा काफ़ी ठंडा है...आप आग नहीं जलाते?"

"हम किसी भी दिन यहाँ से जा सकते हैं," मैंने कहा, "आपको सर्दी लग रही है?"

"नहीं...मैं ठीक हूँ। लेकिन..." उसने कुछ झिझकते हुए हम दोनों की ओर देखा, "आपके पास पीने को कुछ नहीं है? मेरा मतलब है...कुछ भी। मुझे अपने यहाँ (उसने अपने पेट पर उँगली रखी) बहुत ख़ाली और ठंडा-सा लग रहा है।"

ब्राजीलियन ने मेरी ओर देखा। मैं दीवार को देख रहा था, मानो चूहों की आवाज़ ने एकाएक मुझे बहुत आकर्षित कर लिया था।

"मेरे पास कुछ कॉफ़ी है...आप पीना चाहेंगी?" ब्राजीलियन ने कहा।

मैंने तनिक आश्चर्य से उसकी ओर देखा। उसने कभी हमें उसके बारे में नहीं बताया था।

लड़की का चेहरा सहसा चमक उठा। उसने बिल्ली को गोद से उठाकर फ़र्श पर रख दिया, "आपके पास अपने देश की कॉफ़ी है?"

"मैं ब्राजील से लाया हूँ...मेरी माँ ने यहाँ आते समय मुझे दी थी।" ब्राजीलियन का उत्साह छलक आया था।

"कहाँ है, ज़रा दिखाओ?" लड़की ने उतावलेपन से ब्राजीलियन की ओर देखा, "यहाँ हमें ब्राजीलियन कॉफ़ी देखने को भी नहीं मिलती!"

ब्राजीलियन ने पलंग के नीचे से सूटकेस बाहर निकाला और फिर सूटकेस से कॉफ़ी का पैकेट। लड़की ने तुरन्त उसके हाथ से पैकेट खींच लिया, सूँघा—एक बार, दो बार, फिर उसे सहलाने लगी, वैसे ही, जैसे कुछ देर पहले वह बिल्ली को सहला रही थी। उसकी आँखें स्वप्निल-सी हो आई थीं।

"एक बार मैं यहाँ एक क्यूबन से मिली थी। कोई लेखक था...वह मुझे अपने होटल के कमरे में ले गया। उसने मुझे क्यूबन रम की एक बोतल दी और कहा कि मैं सारी बोतल अपने साथ ले जा सकती हूँ। लेकिन बोतल इतनी बड़ी थी कि मैं उसे अपने पर्स में नहीं रख सकती थी और उसे हाथ में लेकर होटल से बाहर निकलना काफ़ी ख़तरनाक था। मैंने कहा कि हम उसे होटल के कमरे में ही पी सकते हैं...। मुझे नहीं मालूम था कि वह इतनी तेज़ है। दो गिलास पीकर ही मैं गड़बड़ा गई। लेकिन वह क्यूबन बराबर पीता रहा और बराबर मुझे फ़िदेल कैस्ट्रो के बारे में बताता रहा। मैंने उससे पूछा, क्या उसके फ़िदेल भी उसी की तरह मुझसे प्रेम कर सकते हैं, तब वह कुछ नाराज़-सा हो गया और उसने कहा कि फ़िदेल सारी दुनिया से प्रेम करते हैं...। कॉफ़ी तुम बनाओगे या मैं?" उसने ब्राजीलियन की ओर देखा।

ब्राजीलियन मंत्रमुग्ध-सा होकर उसकी बात सुन रहा था। लड़की की दुनिया बहुत मायावी-सी जान पड़ती थी और हम परदा हटाकर उसमें झाँक रहे थे।

"आपसे स्टोव जलेगा नहीं...मैं अभी बना लाता हूँ।" लड़की के हाथ से पैकेट लेकर वह तेज़ क़दमों से बाहर चला गया।

वह उसे कौतूहलपूर्ण आँखों से देख रही थी।

"तुम्हारा दोस्त है?" उसने कहा।

"हम यहाँ साथ रहते हैं," मैंने कहा।

"बच्चा-सा जान पड़ता है," उसने कुछ सोचते हुए कहा, फिर अपने पर्स से आईना निकाला और उसमें अपना चेहरा देखने लगी। पेंसिल से भौंहें बनाईं और नाक पर पाउडर मला। होंठों पर लिपस्टिक लगाते हुए सहसा उसके हाथ ठिठक गए, मानो उसे कुछ याद आ गया हो। उसने अरब की ओर देखा...वह करवट बदलकर पूर्ववत् सो रहा था। वह निश्चिन्त हो गई। झटपट आईने को पर्स में रख दिया और उसमें से एक लम्बा, रंग-बिरंगा स्कार्फ़ निकाला, तह खोली, सलवटों को साफ़ किया और फिर उस स्कार्फ़ को अपने बालों पर ढक लिया।

"कैसा लगता है?" उसने मुस्कराकर मेरी ओर देखा। मैं एकटक देखता रहा। कोई और समय होता तो मैं कहता कि उसके मुँह पर ख़ूब फबता है। फबता भी था। इक्के-दुक्के बाल स्कार्फ़ से बाहर छितर आए थे और माथे पर एक काला हाशिया-सा खिंच गया था।

"इतना अच्छा रेशम यहाँ नहीं मिलता," उसने स्कार्फ़ को अपनी मैली उँगलियों से सहलाते हुए कहा। लगता था, जैसे उसकी उँगलियाँ सब चीज़ों को सहलाने के लिए ही बनी हों।

उसने स्कार्फ़ उतार दिया, फिर धीरे से फुसफुसाकर कहा, "पाँच डालर का है।"

"यहीं ख़रीदा था?" मैंने पूछा।

"यहाँ कहाँ मिलता है...इसी ने मुझे दिया है।" उसने सोते हुए अरब की ओर इशारा किया, "कहता था, पाँच डॉलर में ख़रीदा था।" उसने स्कार्फ़ को सतर्कता से मोड़कर वापस पर्स में रख दिया। बाहर बारिश हो रही थी। वह अब ब्राजीलियन के बिस्तर पर पाँव पसारकर बैठ गई थी। कम्बल के नीचे से उसके दो अधउठे घुटने दिखाई दे जाते थे। सिर तकिये पर टिका लिया था। जब कभी वह आँखें मूँदती थी तो कुछ देर तक मूँदे रखती थी और तब लगता था, जैसे बीच-बीच में वह नींद के झोंके ले लेती है।

दरवाज़े पर मोनिका की आहट सुनाई दी। वह ब्राजीलियन के आगे-आगे आ रही थी। शायद उबलती कॉफ़ी की गन्ध ने उसे जगा दिया था। अपने बिस्तर पर उसे बैठा देखकर ब्राजीलियन के पाँव ठिठक गए।

"सो रही है?" उसने मेरी ओर देखा।

मोमबत्ती का पीला आलोक उसकी काली भौंहों पर गिर रहा था। उसने आँखें खोल दीं, "मैं तुम्हारे बिस्तर पर बैठी हूँ...तुम्हें कोई एतराज़ तो नहीं है?"

"नहीं...नहीं," ब्राजीलियन का स्वर लड़खड़ा-सा गया। मैंने उसके हाथ से केतली पकड़कर तिपाई पर रख दी, जहाँ उसकी माँ का फ़ोटो रखा था। कप हमारे पास एक ही था। उसी में कॉफ़ी उँडेलकर ब्राजीलियन दीवार से सटकर खड़ा हो गया।

उसने दोनों हथेलियों के बीच कप को पकड़ लिया, मानो उन्हें सेंक रही हो। मैंने सोचा, शायद ब्राजीलियन कुछ कहेगा, लेकिन वह एकटक गूँगा-सा होकर लड़की की ओर देख रहा था। मैं, ब्राजीलियन और बिल्ली—तीनों की छ: आँखें उस पर टिकी थीं। उसने एक बार भी हमसे नहीं पूछा कि हम इस तरह सूखे और ख़ाली क्यों बैठे हैं। उसे शायद यह बात बहुत स्वाभाविक लग रही थी कि जब तक वह कॉफ़ी पीती रहे, हम उसे इसी तरह देखते रहें।

"कॉफ़ी बढ़िया हो तो किसी चीज़ की ज़रूरत नहीं।" उसने बहुत तृप्त भाव से जम्हाई ली। फिर कॉफ़ी का पैकेट उठाकर उसने कनखियों से ब्राजीलियन की ओर देखा, "कितने डॉलर का होगा?"

एक क्षण के लिए ब्राजीलियन झिझका, फिर तनिक अनिश्चित स्वर में उसने कहा, "मुझे नहीं मालूम...मेरी माँ ने ख़रीदा था।"

वह सहसा हँस पड़ी, "अगर तुम्हारी माँ को पता चल जाए कि तुम्हारी कॉफ़ी मैं पी रही हूँ तो न जाने क्या सोचेगी?"

"उसे पता नहीं चलेगा," ब्राजीलियन ने कहा।

"बेशक...उसे कुछ भी पता नहीं चलेगा।" अमालिया ने हँसते हुए उसका हाथ पकड़कर अपने पास खींच लिया। इस बार ब्राजीलियन ने अपने को रोका नहीं...एक झिझकती-सी निगाह नशे में धुत औंधे पड़े अरब पर डाली...और फिर उसके साथ सटकर पलंग पर बैठ गया।

मोनिका उन दोनों के पैरों के बीच दुबक आई थी। कॉफ़ी पीने की आशा उसने बहुत पहले छोड़ दी थी, लेकिन गर्मी पाने का लोभ अब भी बचा था।

वह मंत्रमुग्ध-सी बैठी थी। बाहर बारिश हो रही थी। उसने चारों तरफ़ अपनी टटोलती-सी निगाहें घुमाईं...कॉफ़ी के प्याले को अपने घुटनों पर रख दिया और फिर वैसे ही मंत्रमुग्ध भाव से कहा, "यह कमरा बुरा नहीं है...मेरा कमरा इससे भी छोटा है।"

"तुम अकेली ही रहती हो?" हम धीरे-धीरे 'आप' को छोड़कर 'तुम' में चले आए थे।

"नहीं, मेरी एक साथिन और है। वह रात को बेकरी में काम करती है...मैं काम पर जाती हूँ, वह सो रही होती है और जब वह बाहर निकलती है तो मैं सो रही होती हूँ।" उसने हँसते हुए हमारी ओर देखा, "हम इतवार के अलावा कभी एक-दूसरे से नहीं मिल पाते।"

"क्या यहाँ तुम्हारे...बहुत दोस्त हैं?" ब्राजीलियन ने पूछा।

वह एक क्षण चुप रही, फिर कुछ उनींदे स्वर में उसने कहा, "हैं...और नहीं भी। ज़्यादातर वे विदेशी टूरिस्ट होते हैं...एक दिन साथ रहते हैं, दूसरे दिन उनका पता भी नहीं चलता। लेकिन तुम लोग वापस आओगे...नहीं?"

"कुछ महीनों बाद।"

"वे सब यही कहते हैं..." उसने अधमुँदी आँखों से मोमबत्ती की लौ को देखा। "लेकिन अगर मैं उनसे दोबारा मिलूँ तो शायद पहचान भी न सकूँ।"

"मैं तुम्हें हमेशा पहचान लूँगा," ब्राजीलियन ने काँपते होंठों से कहा।

"सच?" वह खिलखिलाकर हँस पड़ी, "लेकिन मैं तुम्हें नहीं पहचान सकूँगी।" अपनी उँगलियों से वह ब्राजीलियन के बालों के साथ खेलने लगी। काले, घुँघराले बाल, जिन्हें देखकर कोई भी लड़की छूने का लोभ संवरण न कर पाती।

ब्राजीलियन ने तनिक विस्मय से उसकी ओर देखा, "तुम मुझे सचमुच नहीं पहचान सकोगी?"

"मुझे मालूम नहीं...मैंने बहुत पी रखी है।" उसने कहा, "मुझे यह भी नहीं मालूम कि तुमसे मैं क्या कह रही हूँ।"

उसका स्वर एकदम ढीला-सा हो आया था—उन उँगलियों की तरह जो स्वचालित-सी ब्राजीलियन के बालों पर घूम रही थीं। कुछ देर बाद मुझे लगा, जैसे उसके शब्द एक बहती आवाज़ में घुल गए हैं, जिन्हें अलग-अलग से सुन पाना कठिन था, लेकिन जिसे 'देखा' जा सकता था—नींद के दूसरे छोर पर तिरती धुंध की तरह। रात-भर जागे रहने के कारण मुझे हर चीज़ बहुत तरल-सी जान पड़ रही थी... मैं कभी-कभी यह भी भूल जाता कि यह हमारा बेसमेंट है, जिसमें मोमबत्ती की फड़कती लौ तले तीन छायाएँ एक साथ सिकुड़ गई हैं।

मैं कुछ दूसरे कमरों और घरों के बारे में सोचने लगता, जिन्हें मैंने बरसों से नहीं देखा था। लगता था, जैसे मेरे भीतर एक-दूसरा 'जीव' है, जो अक्सर महसूस होता है, जब तुम नींद के किनारे खड़े हो और उसमें डूब न सको। फिर ऐसे क्षण भी आते, जब हर चीज़ धुले हुए काँच की तरह तीखी और साफ़ हो जाती—ऊपर पलंग पर खर्राटे लेता हुआ अरब, अमालिया का डोलता हुआ स्वर, ब्राजीलियन की साँस, पैरों के नीचे कुनमुनाती बिल्ली और एक दबी-दबी-सी फुसफुसाहट, जो न चूहों की आवाज़ जान पड़ती, न बारिश की...लगता, उसका सम्बन्ध समूचे बेसमेंट से हो और उस अँधेरे से भी, जो बेसमेंट के बाहर उस अजनबी शहर में फैला था।

"तुम सो रहे हो?" उसका सिर मेरे ऊपर झुका था।

मैं हड़बड़ाकर उठ बैठा...पता नहीं, बीच में कितना समय बीत गया था। पहले क्षण मुझे उसका माथा दिखाई दिया, जिस पर उसके घुँघराले बाल झूल रहे थे। मुझे यह देखकर कुछ हास्यास्पद-सा जान पड़ा कि उसने कॉफ़ी का प्याला अपने हाथों में दबोच रखा है।

"तुम सो रहे थे?" उसने दोबारा पूछा।

"तुम पागल तो नहीं हो!" मैं सहसा नीली धुंध और काली छायाओं के घेरे से बाहर चला आया था।

वह कॉफ़ी का प्याला पकड़े मुझे घूर रहा था।

"तुम मेरे ऊपर क्यों खड़े हो?" मैंने उसकी ओर देखा।

मोमबत्ती के फड़कते, धुँधले आलोक में उसका चेहरा भयावह-सा जान पड़ रहा था।

वह घूरता रहा...फिर सहमे स्वर में उसने कहा, "उसने उल्टी की है...मेरे बिस्तर पर!"

"तुम्हारे बिस्तर पर?"

"उसने पूरी कॉफ़ी भी नहीं पी।"

मैं निश्चय नहीं कर सका, उसे ज़्यादा दुख किस बात पर है— कॉफ़ी न पीने पर, या उल्टी करने पर। मैंने चारों तरफ़ देखा, वह कहीं दिखाई न दी।

"क्या वह चली गई?"

"नहीं...वह दरवाज़े पर खड़ी है। उसे डर है कि कहीं दोबारा न करनी पड़े," ब्राजीलियन ने कहा।

कुछ देर तक बेसमेंट में बुझती हुई मोमबत्ती की सिरसिराहट के अलावा कुछ भी सुनाई नहीं दिया।

"उसे कुछ देर सो लेना चाहिए," मैंने कुछ अनिश्चित स्वर में कहा।

"मैं भी यही सोचता हूँ..." ब्राजीलियन ने ललकते स्वर में कहा, "इस बारिश में वह बाहर वैसे भी नहीं जा सकती। लेकिन..."

वह झिझककर चुप हो गया।

"क्या बात है?" मैंने दिलचस्पी से उसकी ओर देखा।

"मेरा बिस्तर सोने लायक़ नहीं है।" उसकी आँखें ज़मीन पर गड़ी थीं।

सिर्फ़ एक मेरा बिस्तर बचा था।

तब सहसा हम दोनों चौंककर ड्योढ़ी की तरफ़ देखने लगे... अमालिया दरवाज़े को पकड़कर झूम रही थी, मानो जहाज़ के डगमगाते डेक पर खड़ी हो!

"उसे मेरे बिस्तर पर सुला दो," मैंने कहा।

"और तुम?"

"मैं बाहर चला जाऊँगा।"

वह एकटक मुझे देखता रहा। फिर उसने मेरा कन्धा पकड़ लिया। उसके हाथ काँप रहे थे।

"मैं यह नहीं चाहता।" उसका स्वर किसी गहरे खोखल से बाहर आया।

"दूसरा रास्ता सिर्फ़ यह है कि हम दोनों बाहर चले जाएँ...उसका कोई फ़ायदा नहीं," मैंने कहा।

"मैं अब ठीक हूँ।" अमालिया ने बहकी मुस्कराती आँखों से हमारी ओर देखा।

"उसे बुला लें?" ब्राजीलियन ने मेरी ओर देखा।

लेकिन उसे बुलाना नहीं पड़ा। वह ख़ुद अपने को किसी तरह घसीटकर पलंग के पास चली आई। उसकी स्कर्ट पर जगह-जगह पीले सफ़ेद-से धब्बे जम गए थे। मैंने कम्बल उठा दिया ताकि वह ठीक से लेट सके। उसका सिर तकिये पर टिका दिया। उसने कोई आपत्ति नहीं की। सिर्फ़ एक अर्थहीन-सी मुस्कराहट उसके होंठों पर उघड़ आई थी।

उसने धीरे से ब्राजीलियन का हाथ पकड़ लिया, "मैंने तुम्हारा बिस्तर गन्दा कर दिया!" उसने कहा।

"तुम्हारी कॉफ़ी बची है...और पियोगी?"

उसने सिर हिलाया और अपने दोनों पैर कम्बल के नीचे पसार दिये। आँखें खुली थीं, लेकिन लगता था, जैसे वह सो रही हो।

मैंने अपना कोट और मफ़लर उठाया, लेकिन ब्राजीलियन ने मेरा हाथ पकड़ लिया। "मैं भी तुम्हारे साथ आऊँगा," उसने कहा।

उसकी सारी देह काँप रही थी। सर्दी से नहीं, मैं सर्दी की कम्पन को पहचानता था। वह 'कम्पन' शायद पहली बार होती है...बुख़ार की थरथराहट की तरह, जब अपनी देह ख़ुद अपने से अलग जान पड़ती है। सर्दी की रात में कोई पसीने से लथपथ हो सकता है और उस आतुर-अवश थरथराहट में इतनी उम्मीद, इतना डर और एक भयंकर सुख हो सकता है, मैं बरसों से इस चीज़ को भूल चला था।

मैंने अपना हाथ धीरे से उसकी नरम काँपती हथेलियों से छुड़ा दिया।

"वह अरब..." उसने हकलाते हुए कहा।

"मोमबत्ती बुझा दो।" मैंने उसके कन्धे पर हल्के-से हाथ रखा और फिर बाहर चला आया।

उस रात दूसरी बार मैं बेसमेंट से बाहर आया था।

उन सर्दियों में सब दिन बराबर नहीं थे। कुछ छोटे थे, कुछ बहुत छोटे, जब दोपहर के समय ही लैम्प-पोस्ट जलने लगते हैं। वह एक छोटा दिन था...बारिश में भीगी सड़कों पर मैं दिन-भर घूमता रहा। अँधेरा घिरने पर मैं वापस अपने बेसमेंट में चला आया। वहाँ कोई नहीं था। मुझे शायद हल्की-सी हरारत रही होगी। देर तक कम्बलों के बीच मेरे दाँत कटकटाते रहे। मुझे सब कुछ धुँधला-सा लग रहा था। सहसा मुझे लगा, जैसे मेरे ऊपर कोई साँस ले रहा है—एक जानवर की साँस की तरह...घनी, गहरी और खुरदरी। पहले क्षण मैंने उसे टाल देना चाहा। ज्वरग्रस्त आदमी का दिमाग़ यों भी बहका-सा रहता है। जब वह स्वयं साँस लेता है, उसे लगता है, कोई दूसरा साँस ले रहा है और दूसरे की साँसें अपनी जान पड़ती हैं। लेकिन यह दुविधा अधिक देर तक नहीं टिकी रह सकी। किसी ने मोमबत्ती जलाई थी...पैरों की आहट मेरे पलंग के पास आकर रुक गई।

"तुम सो रहे थे?"

ब्राजीलियन का स्वर था, यह मैं अँधेरे में भी पहचान सकता था...मेरा मतलब है, बुख़ार के अँधेरे में...क्योंकि बेसमेंट में मोमबत्ती का फीका उजाला था।

"तुम्हारी तबीयत ठीक नहीं है," उसने कहा।

"मैं ठीक हूँ," मैंने कहा।

"तुम सोते हुए बुड़बुड़ा रहे थे," उसने कहा।

मैं चुपचाप लेटा रहा। वह मेरे लिए पानी का गिलास लाया और पैताने पर बैठ गया।

"वह अरब नहीं आया?"

"अभी नहीं," उसने कहा।

मैं फिर लेट गया। कुछ देर तक हम इसी तरह चुप रहे। मुझे लगा, वह कुछ कहना चाहता है, लेकिन बीच में कोई चीज़ उसे रोक लेती है।

"तुम आज बाहर गए थे?" मैंने पूछा।

"हाँ," उसने कहा, "हम सारा दिन बाहर रहे।"

"वह तुम्हारे साथ थी?" मैंने मुस्कराकर कहा।

वह भी मुस्कराया और मेरे पास खिसक आया।

"तुम्हारा सिर दबा दूँ?" उसने कहा।

"नहीं...मैं ठीक हूँ।"

हम दोनों बहुत फुसफुसाकर बोल रहे थे, जैसे कोई बहुत नाज़ुक और कोमल चीज़ हमारे बीच में है...और हम उसे शब्दों से न छूकर केवल अपनी ख़ामोशी से उजागर करना चाहते हैं।

"जानते हो...इस शहर के बीच एक दरिया है?" उसने कहा।

"एक दरिया!" मैंने कहा।

"मुझे उसके बारे में कुछ मालूम नहीं था।"

"तुम दिन-भर बेसमेंट में सोते रहते थे," मैंने कहा।

वह धीरे से हँस पड़ा। मैं उसका चेहरा नहीं देख सका, मैंने उसे कभी हँसते हुए नहीं देखा था।

"हाँ...एक दरिया!" उसने कहा, "और बहुत-से टापू भी। मुझे कुछ भी पता न चलता, अगर वह मुझे अपने साथ न ले जाती। जानते हो, मैंने आज तक कोई टापू नहीं देखा था।"

"तुमने कहा था, तुम कुछ दिन इंग्लैंड में ठहरे थे," मैंने कहा।

"मेरा मतलब वैसे टापू से नहीं था," उसने हँसते हुए कहा, "मेरा मतलब है...शहर के बीच, जिन्हें तुम देख सकते हो।"

"वह अरब भी तुम्हारे साथ था?"

"नहीं...हम उसके उठने से पहले ही बाहर चले गए थे। वह चाहती थी, मैं जाने से पहले यह शहर देख लूँ। टापुओं को देखने हम बाद में गए...पहले वह मुझे एक रेस्तराँ में ले गई। उसने मुझसे पूछा कि मैं शराब ज़्यादा पसन्द करता हूँ या वोदका? मैंने उससे कहा कि मैं कुछ भी नहीं पीता। जब उसने यह सुना तो वह हँसने लगी और फिर मुझे कुछ शर्म-सी आई और मैंने उसके और अपने लिए एक-एक बियर मँगवा ली।"

"तुम्हारे पास इतने पैसे थे?"

"उसने मुझे कुछ भी ख़र्च करने नहीं दिया...सुनो...बाद में मैंने उसे अपना कॉफ़ी का डिब्बा दे दिया। वह उसे पसन्द भी आया था।"

मैंने करवट ली। उसने सोचा, मैं थक गया हूँ और वह धीरे से उठकर अपने पलंग पर जाकर लेट गया। मोमबत्ती बुझा दी। बाहर सर्दियों की रात थी और रोशनदान के परे चलते पैरों का थिएटर दिखाई दे जाता था।

हम कुछ देर तक चुपचाप लेटे रहे।

"तुमसे एक बात कहूँ...तुम हँसोगे तो नहीं?"

"नहीं," मैंने कहा।

"जब तुम चले गए तो मैं उसके साथ लेटा था।"

उसने साँस ली—नीरव, बेसमेंट के सन्नाटे पर रेंगती हुई।

मैंने फिर करवट ली। तकिया पसीने से भीगा था।

"मैं उसके साथ लेटा था...लेकिन मैं कुछ भी नहीं कर सका।"

कोई स्वर सुनाई नहीं दिया...सिर्फ़ उसकी साँसों के सिवा, जैसे हमारे बीच कोई धीरे-धीरे रो रहा है। मुझे अजीब-सी तसल्ली हुई कि हमारे बीच अँधेरा है और हममें से कोई भी एक-दूसरे का चेहरा नहीं देख सकता।

"क्या तुम पहली बार...?"

उसने रूमाल से नाक सिनकी, फिर धीरे से कहा, "हाँ...लेकिन मुझे सब कुछ मालूम है।"

"पहली बार अक्सर ऐसा हो जाता है," मैंने कहा।

"उसने भी यही कहा था," ब्राजीलियन ने कहा।

"किसने?"

"अमालिया ने...उसने मुझसे कहा कि इसमें डरने की कोई बात नहीं है और हम भाई-बहन की तरह सो सकते हैं।"

हम दोनों चुपचाप लेटे रहे। खिड़की से आकाश दीखता था। सर्दियों का सुनहरा उजाला हवा में बिखर आया था। कहीं-कहीं एक-दो तारे टिमकते हुए दिखाई दे जाते थे।

"क्या मैं मोमबत्ती जला दूँ...कुछ देर के लिए?"

मैंने सोचा, वह शायद बाथरूम जाना चाहता है। किन्तु मोमबत्ती जलाने के बाद वह मेरे पास चला आया।

"मैं तुम्हें कुछ दिखाना चाहता था।"

मैंने उसकी ओर देखा...भीगी आँखों के बीच एक सलज मुस्कान झाँक रही थी।

उसने अपनी चादर के नीचे से कोई चीज़ निकाली और मेरे सामने रख दी। मैं एकटक देखता रहा।

"उसने यह मुझे दिया था," उसने मुस्कराते हुए कहा। पहली दृष्टि से ही मैं पहचान गया था—पाँच डॉलरवाला स्कार्फ़।

"इसका तुम क्या करोगे?"

"मैं इसे अपनी माँ को दे सकता हूँ। वह बहुत ख़ुश होगी।" उसने स्कार्फ़ दोबारा तह करके अपनी चादर के नीचे रख दिया, मोमबत्ती बुझा दी। हम फिर अपने-अपने बिस्तरों पर लेट गए।

"इसे अरब को दिखाना," कुछ देर बाद मैंने कहा।

"क्यों?"

"यों ही," मैंने कहा।

देर रात तक चूहों की खड़खड़ाहट सुनाई देती रही। बुख़ार की नींद में वह बहुत आत्मीय जान पड़ती थी...फिर सब शान्त हो गया। सिर्फ़ एक बार मुझे पास के पलंग से हल्की, दबी-सी आवाज़ सुनाई दी... नींद के परे एक नीरव स्वर। ब्राजीलियन अपनी माँ के फ़ोटो के सामने प्रार्थना कर रहा था—हर रात की तरह। लेकिन शायद हर रात की तरह नहीं। पहली बार उसके और माँ के बीच कोई चीज़ उभर आई थी।

एक दरिया...और शहर के बीच छितरे हुए टापू!

इतनी बड़ी आकांक्षा

बाहर बारिश गिर रही थी।

काउंटर पर बैठे आदमी ने कहा, "घोड़ों की तरह, कहीं छुटकारा नहीं।" वह अपनी उँगलियों से वोदका के गिलास को नचा रहा था। किसी ने उसकी ओर ध्यान नहीं दिया। सिर्फ़ पासवाले स्टूल पर बैठी लड़की हँसने लगी। उसके सुनहरे बाल थे—लम्बे उतने नहीं, जितने घने। आँखें भी बहुत घनी थीं, लेकिन बहुत पीने के बाद वे ख़ाली-सी दीख रही थीं।

लड़की ने सिर उठाया और नाचते हुए जोड़ों की ओर देखने लगी।

"मेहरबानी करके दरवाज़ा बन्द कर दो," उसने कुछ-कुछ गाते हुए लहजे में कहा।

"इतनी गर्मी में?" आदमी ने पूछा।

"मुझे ज़ुकाम है।" लड़की ने अँगड़ाई ली।

"ज़ुकाम...कहाँ?"

"देखते नहीं...इधर!" उसने अपनी दोनों टाँगें स्टूल के आगे फैला दीं। दो लम्बी ख़ूबसूरत टाँगें, जो जुड़वाँ बहनों-सी दिखाई देती थीं।

वे हँसने लगे। किसी ने दरवाज़ा बन्द नहीं किया। वह गर्मियों की बारिश थी, ज़मीन पर झूलती घुँघराली बूँदें टप, टप, टप। नीले अँधेरे पर भाप उड़ रही थी।

दोनों ही एक-दूसरे के प्रति चुप थे। चुप्पी, जो अखरती नहीं और आस-पास की हलचल से अलग रहती है। जब स्त्री और पुरुष इतने निश्चिन्त भाव से आपस में चुप हों, तो अनुमान लगाना कठिन नहीं है कि वे पति-पत्नी हैं। उनकी ऊब को सूँघना भी मुश्किल नहीं है।

लड़की ने काउंटर पर सिर टिका लिया। घने भूरे बालों के बीच वोदका का गिलास एक फूल-सा दिखाई देता था।

"घर चलोगी?" आदमी ने पूछा।

लड़की ने न 'हाँ' किया, न यही कहा कि 'नहीं'। वह एकटक दरवाज़े के बाहर देख रही थी।

बाहर बारिश गिर रही थी।

फ़ौजी वर्दी पहने दो युवक भीतर आए। उन्होंने उड़ती निगाहों से नाचते हुए जोड़ों की ओर देखा और ठगे-से खड़े रहे। यह उनका आख़िरी दिन था। चेहरों को पढ़ना मुश्किल नहीं है यदि वे फ़ौजियों के चेहरे हों, सुख की तलाश में और इतने कम उम्र, जितने वे दोनों थे।

वे काउंटर के सामने बैठ गए। ऊब की धुंध हल्के से कटी। घने बालोंवाली लड़की ने तनिक कौतूहल से उन दोनों को निहारा। वे दूसरे ग्रह के प्राणी थे—लड़की के लिए अवश्य थे। बारिश में भीगे खाकी कोट, माथों पर टोपियों के हास्यास्पद निशान, बूटों और बैरकों की बू, जो सिर्फ़ बूटों और बैरकों से आती है और टाई की गाँठें, जो लिलिपुट के चेहरों-सी दिखाई देती थीं।

कुछ लोग ऐसे ही होते हैं। अपने साथ एक ख़ास अपनी दुनिया ले आते हैं; सिपाही, बाज़ीगर, बहुत छोटे बच्चे, अस्पताल के मरीज़। मैं कभी उनकी दुनिया में प्रवेश नहीं कर सकूँगी। लड़की ने गिलास ख़ाली किया और उस आदमी से कहा, जो उसका पति था, "सुनो, मैं एक वोदका और लूँगी।"

आदमी ने हल्के असमंजस में उसकी ओर देखा। पीने के बाद अपनी औरत भी परायी-सी लगती है। इतनी परायी नहीं कि दिलचस्प जान पड़े। इतनी अपनी भी नहीं कि उसे नज़र-अन्दाज़ किया जा सके।

"जानती हो, तुम कितना पी चुकी हो?"

"तुम गिनते रहे हो?" लड़की ने तनिक तिरस्कार से उसकी ओर देखा। वह कुछ और कहना चाहती थी, किन्तु बीच में ही आदमी ने पसीने से भीगा अपना हाथ उसके कन्धे पर रख दिया।

"क्या लोगी?"

प्रेम कितने धीरे-धीरे मर जाता है और फिर अचानक...उसने अपने पति की ओर देखा।

"एक वोदका...हमेशा की तरह," लड़की ने कहा और रूमाल निकालने के बहाने आदमी का हाथ अपने कन्धे से अलग कर दिया। रूमाल निकालकर नाक सिनकी, फिर काउंटर के पीछे शीशे में चेहरा देखा—तिकोना पीला चेहरा, जो बार की बीतलों के बीच काटी हुई तसवीर-सा झाँक रहा था।

"और आपके लिए?" काउंटर की औरत ने फ़ौजियों से पूछा।

"दो सफ़ेद शराब," छोटे फ़ौजी ने कहा।

क़द में छोटे होने के बावजूद वह बड़े की अपेक्षा कहीं अधिक आश्वस्त जान पड़ रहा था—हर आश्वस्त आदमी की तरह तनिक गँवारू भी।

"शराब सिर्फ़ मेज़ पर—यहाँ सिर्फ़ लिकर?" काउंटर की औरत ने कहा।

मेज़ कोई ख़ाली नहीं थी—सिवाय उन मेज़ों के, जिनके मालिक नाच रहे थे। वे काउंटर से नहीं उठना चाहते थे।

"लिकर—यानी वोदका, रम, जिन..." औरत नाम गिनाने लगी। बड़े का चेहरा सुर्ख़ हो आया। "रम और सोडा," उसने जल्दी से कहा, औरत का मुँह बन्द करवाने के लिए।

उसके इस अप्रत्याशित फ़ैसले पर छोटे को शर्म-सी आई। (यह अजीब है—गँवारू आदमी हमेशा छोटी बातों पर शरमाते हैं) और वह लापरवाही से दूसरी ओर देखने लगा, मानो अपने साथी के फ़ैसले से उसका कोई सम्बन्ध नहीं।

सबने जान लिया, यह उनका आख़िरी दिन ही नहीं, आख़िरी पैसे भी हैं।

"घोड़ों की तरह!" लड़की के पति ने कहा और अपने गिलास पर आँखें मूँद लीं। कहना मुश्किल था, यह उसने नाचते हुए जोड़ों के लिए कहा था या रम पीते हुए फ़ौजियों के लिए। किसी के लिए भी कहा हो, किसी ने उसकी ओर ध्यान नहीं दिया।

काउंटर के पीछे खड़ी औरत गिलासों को धो रही थी। वह निरासक्त-सी जान पड़ती थी। जब कभी वह अपने काम से मुक्त हो जाती, उसकी आँखें कोने में बैठी एक अधेड़ महिला पर टिक जातीं। पुराने गाहकों पर आँखें यों भी अनायास टिक जाती हैं। वह महिला भी जैसे अपने इस स्थान को पहचानती हो। वह कुछ नहीं पी रही थी। सिर्फ़ कभी-कभी उसके पैर बेंड की लय के साथ स्टूल के निचले पट्टे पर थिरक जाते थे।

फ़ौजी युवक ने आधी उम्मीद और आधी आशंका से महिला की ओर देखा। उसे वह अधिक आकर्षक नहीं जान पड़ी। किन्तु भीगती हुई मसों के पीछे सूखी औरतें भी भीगी-सी लगती हैं।

"कुछ पियोगी?" उसने धीरे से कहा। इतने धीरे से नहीं कि महिला न सुन सके। इतने ऊँचे भी नहीं कि उसके साथी को पता चल सके।

औरत ने सिर हिलाया, मुस्कराई लेकिन कहा कुछ नहीं।

फ़ौजी की आशा बँधी। उसने साफ़ 'हाँ' नहीं कहा था तो साफ़ इनकार भी नहीं किया था। वह हिचक रही है, उसने सोचा। हिचक वह भी रहा था, किन्तु चूँकि वह पी भी रहा था, इसलिए हिचक घुलने लगी थी। उसने अपने साथी की ओर देखा। वह उसकी हरकतों से विरक्त होकर नाचते हुए लोगों को देख रहा था। वह बड़ा था और प्रतीक्षा कर सकता था।

"बारिश हो रही है," वोदका पीनेवाली लड़की ने कहा।

"तुम्हें खुला दरवाज़ा अखरता है?" पति ने पूछा। उसका जबड़ा बार-बार काँप उठता था, जाल में फँसी मछली की तरह। हर बार घूँट लेते हुए उसे हिचकी आ जाती थी। किन्तु घने बालोंवाली लड़की बहुत शान्त भाव से पी रही थी। चेहरे पर एक ऐसा चैन था, जो 'हलचल' को किनारे पर छोड़कर बीच पानी में चला आया था—बीच पानी में जहाँ कोई ओर-छोर दिखाई नहीं देता।

"तुम्हें खुला दरवाज़ा..." आदमी ने दोबारा पूछा।

"जब दरवाज़ा खुला हो, तो तुम उसे दोबारा खोल सकते हो?" लड़की ने कहा।

"क्या मतलब?"

"मैं चाहती हूँ, कुछ हो," लड़की ने कहा।

"कुछ ज़रूर होगा..." आदमी ने झूमते हुए अपना सिर उसके कन्धे पर टिका दिया। "हम घर जाएँगे। तुम..." वह धीरे से हँसा।

"हाँ, लेकिन उससे पहले कुछ होना चाहिए," लड़की ने खोई हुई आँखों से चारों तरफ़ देखा।

बैंड की धुन धीरे-धीरे सरकती हुई उनके पास चली आई थी। कोई बहुत पुरानी धुन थी, जिसे पहली लड़ाई के सिपाही गाया करते थे। बैंड-मास्टर हवा में छोटा-सा बेंत घुमा रहा था। नंगा, बड़ा सिर, बीच-बीच में माथे पर एक सफ़ेद लट झूल जाती—पसीने में भीगी हुई—

जिसे वह झटके से ऊपर उठा देता था। कभी-कभी वह सिर मोड़कर नाचते हुए जोड़ों की ओर भी देख लेता—बहुत ही ग़मगीन और गहरी आँखों से—और तब लगता, जैसे उसके बेंत के इशारे पर बैंड ही नहीं बज रहा, बाहर बारिश भी गिर रही है।

"नहीं, बीच पानी में नहीं," वह धीरे से बुदबुदाई। "मैं एक ठंडी क़ब्र के नीचे लेटी हूँ...ऊपर पत्थर है, घास है और हवा है...इस धुन की तरह—और वे मुझे ढूँढ़ रहे हैं और मैं उन्हें ढूँढ़ रही हूँ। प्रेम मरता नहीं, वह बहुत चुपके से झर जाता है और हमें पता भी नहीं चलता।" एक ठंडी-सी सिहरन उसकी देह के आर-पार फिसलने लगी।

"सुनो, अगर तुम्हें सचमुच सर्दी लग रही है, तो मैं दरवाज़ा बन्द कर देता हूँ..." पति के स्वर में हल्की-सी सहानुभूति थी, हालाँकि वह बहुत पी चुका था।

लड़की ने उसकी ओर देखा, फिर उसके हाथों को सहलाते हुए धीरे से कहा, "कुछ हो रहा है।"

बाहर बारिश गिर रही थी। भीतर लोग नाच रहे थे। वह गर्मियों की रात थी जब अँधेरे में सड़कों की भाप एक पत्थर से दूसरे पत्थर पर उड़ती रहती है।

नये सिरे से बैंड शुरू हो रहा था। लोग पसीना पोंछते हुए अपनी कुर्सियों से उठ खड़े हुए। दूसरा फ़ौजी, जो अब तक विरक्त होकर बैठा था, जल्दी से काउंटर से नीचे उतरा और एक जिप्सी लड़की के आगे खड़ा हो गया।

"क्या आप मेरे साथ...?"

जिप्सी लड़की ने उड़ती निगाहों से उसकी ओर देखा और फिर अलसाए भाव से उठ खड़ी हुई, मानो ड्यूटी निभा रही हो।

"चल," उसने अपने काले घुँघराले बालों को समेटा।

फ़ौजी ने हिचकते हुए उसकी बाँह पकड़ ली।

"धीरे से...बेवक़ूफ़!" जिप्सी ने झटके से अपनी बाँह छुड़ा ली, "मेरा हाथ कोई पत्थर का है...?"

फ़ौजी खिसिया गया, फिर बाँह पकड़ी, इस बार इतने धीरे से मानो वह मक्खन की हो, छूते ही पिघल जाएगी।

"कितने साल से है फ़ौज में?"

"दस महीने से।"

"नौ महीने में आदमी हो जाता है, तू दस महीने में ठीक से फ़ौजी भी नहीं बन सका।"

फ़ौजी ने चारों तरफ़ देखा, किसी ने सुन तो नहीं लिया। वह पछताने लगा। नाचना ही था, भले आदमी, तो इस जिप्सी के साथ!

"देखता क्या है?"

"कुछ नहीं, यों ही!"

"कुछ की बात नहीं...नाच मेरे साथ रहा है, घूर रहा है दूसरों की तरफ़!"

किन्तु इस बार उसके स्वर में स्नेह था—अपने ढंग का स्नेह। खुरदरा और बेलाग, जो सिर्फ़ जिप्सी लड़कियों में ही होता है।

"नाचने के बाद क्या देगा?"

फ़ौजी ने इस बार तनिक उत्सुकता से उसकी ओर देखा...चौड़ा गोल चेहरा, काली आँखें, मोटे लेकिन भरे-भरे होंठ...और इन सबको खोलता हुआ एक बचकाना-सा खुलापन।

"क्या लोगी? रम?"

"रम-वम नहीं, मैं तीन रातों से नहीं सोई।"

"फिर क्या लोगी?"

"अंग्रेज़ी सिगरेटें और एक आस्ट्रियन चॉकलेट।"

फ़ौजी धीरे से मुस्कराया।

"दोनों में से एक।"

"और पीने के लिए?" जिप्सी लड़की ने पूछा।

"तुमने अभी कहा कि तुम कुछ नहीं चाहतीं?"

"वाह रे...बिना पिये तेरे साथ यों ही डोलती रहूँगी?"

इस बार वह हँसी थी और फ़ौजी के कुछ और अधिक निकट सट आई थी। फ़ौजी मन-ही-मन हिसाब लगाने लगा था...उसके चेहरे पर से आख़िरी दिन का चौकन्नापन अब मिटने लगा था...हालाँकि वह निश्चिन्त नहीं था कि वह जिप्सी के साथ कितनी दूर जा सकता है।

"इतनी तेज़ नहीं...मैं तीन रातों से नहीं सोई।"

"क्या करती रहीं?" फ़ौजी ने पूछा।

"जागती रही..." उसने कहा।

बैंड-मास्टर ने मुस्कराकर नाचनेवालों की ओर देखा...एक दरिया था, जो कभी सिकुड़ जाता था, कभी फैल जाता था। पेड़ों की शाख़ाओं की तरह उठते हुए सिर, झुकती हुई आँखें...पानी की सतह पर ऑर्केस्ट्रा की धुन एक साफ़ पीले आलोक-सी झिलमिला जाती थी।

"आप नाचेंगी नहीं?" छोटे फ़ौजी ने एक बार फिर कोशिश की। रात बीत रही थी और उसके हाथ अभी तक कुछ भी नहीं लगा था।

"नहीं..." अधेड़ महिला ने कहा, "मैं नाचती नहीं।"

"आप यहाँ हर रोज़ आती हैं?" छोटे फ़ौजी ने अपना रम का गिलास उठाकर किनारे पर रख दिया। उसे हल्की-सी ख़ुशी हुई कि बातचीत का रास्ता, चाहे वह कितना ही सँकरा क्यों न हो, थोड़ा-सा खुल गया है और वह उस पर अगर चल नहीं सकता, तो कम-से-कम रेंग ज़रूर सकता है।

"सात बजे से ग्यारह बजे तक...फिर वे बन्द कर देते हैं।" महिला ने स्टूल से पाँव उठाकर काउंटर की दीवार पर टिका लिया।

"लेकिन यह 'बार' तो आधी रात तक खुली रहती है...बाहर दरवाज़े पर भी लिखा है," फ़ौजी ने कहा।

इस बार महिला ने सिर उठाया...कृत्रिम रोशनी में बालों का असली रंग खो गया था, सही रंग कितनी उम्र तक सही रहा होगा, यह कहना भी मुश्किल था, क्योंकि महिला की ऐसी उम्र थी जिसका अन्दाज़ बरसों से नहीं किया जा सकता, क्योंकि जैसा कि अक्सर कुछ लोगों के साथ होता है, और वह महिला उन लोगों में से ही थी, जो एक उम्र के बाद आगे चलने के बजाय पीछे चलना शुरू कर देते हैं, उन्हीं क़दमों पर पाँव रखते हुए जिन पर पाँव रखते हुए वे आगे चले थे और जब हम उन्हें देखते हैं तो बीती हुई उम्र के बारे में नहीं सोचते—ज़िन्दगी के बारे में भी नहीं—सोच सकते हैं तो सिर्फ़ इतना ही कि गर्मियों की एक रात हम उससे मिले थे, वे शाश्वत लोग हैं।"

"मेरा मतलब 'बार' से नहीं था..." स्त्री ने फ़ौजी की ओर हमदर्दी से देखा, "वहाँ...देखते नहीं? मैं हर रोज़ यही देखने आती हूँ।"

फ़ौजी की निगाहें स्त्री की निगाहों का अनुकरण करते हुए उन पर उठीं...काउंटर के पीछे, शराब की बोतलों के बीच सचमुच एक टेलीविज़न रखा था, जिसे वह शुरू की हड़बड़ाहट में नहीं देख पाया था। वह उसे शायद इसलिए भी नहीं देख पाया था क्योंकि काउंटर की औरत ने उसकी आवाज़ बन्द कर दी थी, ताकि बैंड के सुरों में कोई बाधा न पहुँचे और नाचनेवालों का ध्यान न भटके। परदे पर सिर्फ़ घूमती हुई छायाएँ और हिलते हुए होंठ दिखाई दे जाते थे—गूँगे पेंटोमाइम की तरह।

छोटे फ़ौजी को एक सहारा मिला। आज तक उसने टेलीविज़न इतने पास से नहीं देखा था। यों भी रम ने उसे ढीला छोड़ दिया था और अब उसे अपने साथी के प्रति ईर्ष्या नहीं थी जो जिप्सी लड़की के साथ नाच रहा था।

"आप कुछ भी नहीं पिएँगी?" छोटे फ़ौजी को अकेले पीना कुछ-कुछ अखरने लगा था। अधेड़ महिला ने उसकी बात नहीं सुनी।

वह ध्यानावस्थित भाव से एकटक टेलीविज़न को देख रही थी...शायद कोई जासूसी ड्रामा खेला जा रहा था। दो दीवारों के बीच एक नंगी गली और एक भागती हुई लड़की, जैसे कोई उसका पीछा कर रहा हो। लड़की बहुत छोटी थी और वह तेज़ी से हाँफ रही थी। लगता था, जैसे उसकी साँसें टेलीविज़न को खटखटा रही हों...।

"आपने मुझसे कुछ कहा?"

"नहीं...नहीं...आप देखिए," फ़ौजी ने कहा।

"मुझे मालूम है...वह बच नहीं सकेगी," अधेड़ महिला ने कहा।

"कौन नहीं बच सकेगी?" फ़ौजी ने तनिक विस्मय से महिला को देखा।

स्त्री की आँखें फ़ौजी के गिलास पर ठहर गईं, जिसमें पीला तरल पदार्थ चमक रहा था और तब उसे याद आया कि वह रम है और उसे कुछ अजीब-सा लगा कि बाहर की बारिश और भागती हुई लड़की के साथ उस रम का कहीं तालमेल नहीं बैठता है।

"कैसा स्वाद है इसका?" महिला ने तनिक उत्सुकता से पूछा।

फ़ौजी हतप्रभ-सा हो आया। रम उसने कई बार पी थी, स्वाद के बारे में कभी नहीं सोचा था। यह कुछ इतना ही अजीब था मानो अचानक कोई उसकी आँखों के रंग के बारे में पूछ बैठे। उसने सोचा कि एक नया घूँट लेकर स्वाद के बारे में पता चलाए। किन्तु दूसरे ही क्षण उसने हाथ रोक लिया वह...एकदम ताड़ जाएगी।

वह सहसा मुस्कराने लगा।

"रम की यही ख़ूबी है, हर घूँट के साथ स्वाद बदलता रहता है," उसने कहा।

"कैसे?" महिला इस बार सचमुच फ़ौजी की तरफ़ आकर्षित हो चली थी।

"देखिए...ऐसे।" फ़ौजी ने गिलास से छोटा-सा घूँट लेकर कहा,

"फ़र्ज़ कीजिए, यह चौथा घूँट है, यानी इसका मतलब है, कि मैं तीन घूँट पहले ही पी चुका हूँ और रम का स्वाद इस पर निर्भर है कि कितनी रम मेरे पेट में पहले ही जा चुकी है..." फ़ौजी को लग रहा था, जैसे वह हवा में तनी रस्सी पर चल रहा है और नीचे खड़ी महिला तमाशबीन की तरह उसे देख रही है कि वह बीच में ही गिर जाएगा या पूरी रस्सी पार कर जाएगा। "आप पूछेंगे कि यह कैसे—तो यह ऐसे कि पहला घूँट एक सतह तैयार करता है, दूसरा घूँट उस पर एक मंज़िल है, तीसरा घूँट दूसरी मंज़िल, चौथा घूँट, जो अभी मैंने आपके सामने पिया था, तीसरी मंज़िल...और वह तब एक मीनार-सी खड़ी हो जाती है। आप कभी मीनार पर चढ़ी हैं? अगर चढ़ी हैं तो आपने देखा होगा कि पहली मंज़िल से जो नज़ारा दिखाई देता है, वह दूसरी मंज़िल से नहीं और दूसरी मंज़िल से जो दिखाई देता है, वह तीसरी मंज़िल से नहीं...हालाँकि नीचे की सब चीज़ें एक-जैसी ही रहती हैं। जी हाँ, इसके साथ भी बिलकुल यही है, पहले घूँट पर जो महसूस होता है, दूसरे घूँट पर उससे बिलकुल अलग और तीसरे घूँट पर...बिलकुल मीनार की तरह।" फ़ौजी ने रूमाल निकालकर पसीना पोंछा...रस्सी के अन्तिम छोर पर पहुँचकर वह विजयोल्लास से नीचे खड़ी महिला को देख रहा था। "आपने बताया नहीं...आप किसी टावर या मीनार पर चढ़ी हैं?"

अधेड़ महिला का जादू टूटा। उसकी कुहनी अनजाने में फ़ौजी के घुटने पर टिक गई थी। दो दीवारों के बीच सूनी गली और आर-पार भागती हुई लड़की...वह हाँफ रही थी और लगता था कि बचने और न बचने के बीच सिर्फ़ सुई-भर का अन्तर है।

"हाँ," उसने कहा, "एक बार पेरिस में, बहुत दिन पहले की बात है।"

"क्या नाम है उस टावर का?" फ़ौजी बहुत धीरे-धीरे महिला की कुहनी सहलाने लगा था।

क्या उसका कोई नाम था? उसे याद आया, हर टावर का एक नाम होता है—चाहे वह कितना छोटा क्यों न हो। पुलों और शहरों के नामों की तरह। लेकिन सुख, हवा और ऊँचाई के नाम कभी नहीं होते... उसने अपना सिर काउंटर पर टिका लिया। रम के गिलास के पीछे फ़ौजी का चेहरा एक भीगे धब्बे-सा डबडबा रहा था...क्या नाम था उस टावर का? उस दिन बिलकुल इसी तरह बारिश गिर रही थी...सड़क पर झूलते घुँघराले बाल...बहुत बरसों पहले। वह स्कूल की लड़कियों के साथ गर्मियों की छुट्टियों में पेरिस देखने गई थी। ईश्वर भला करे...देखो, मैं उस टावर का नाम तक भूल गई।

"क्या तुम कुछ चाहती हो?" फ़ौजी ने उसकी कुहनी को दबाते हुए कहा।

"मैं?" महिला ने आश्चर्य से उसकी ओर देखा।

"हाँ, क्या तुम कुछ...?"

"मैं चाहती हूँ..." वह कुछ झिझकी फिर इतने धीरे से कहा मानो उसे अपने शब्दों पर ही सन्देह हो, "मैं चाहती हूँ, मेरी इतनी बड़ी आकांक्षा हों।" उसने अपने हाथ अपनी बरसों पुरानी देह के इर्द-गिर्द लपेट लिए। आकांक्षा...वह अब भी भाग रही थी, दो दीवारों के बीच एक सूनी अन्तहीन गली पर और उसकी हाँफती, लड़खड़ाती साँसें टेलीविज़न के शीशे को खटखटा जाती थीं।

लम्बे दिनों के बाद एक छोटा-सा दिन, बैंड-मास्टर का बेंत हवा में हिला, एक छोटा-सा दिन पियानो से बाहर निकलता और नाचनेवाले जोड़े एक क्षण के लिए अनिश्चित-से खड़े हो जाते कि उस सीधी, समतल, उदास धुन को किस तरह किस दिशा में उनके क़दम ढो सकते हैं।

खुले दरवाज़े के बाहर आकाश दीखता था, शहर की छतें बारिश में भीग रही थीं। 'बार' की पीली रोशनी में फ़ुटपाथ के पत्थर बहुत चमकीले और साबुत दिखाई देते थे। वह शुरू गर्मियों की रात थी।

उसने अपने बालों को समेटा। फिर अपने पति की ओर देखकर हल्के से मुस्कराई। "मेरे भीतर सब कुछ शान्त है...और फिर कुछ हो रहा है...फिर सब कुछ ठहर जाता है...सुनो," वह धीरे से फुसफुसाई, "क्या प्रेम शुरू से शुरू हो सकता है, जैसे वह बिलकुल शुरू में हुआ था, जब वह आदत के अँधेरे में नहीं डूबा था। सुनो, क्या तुम मेरी मदद कर सकते हो?"

"अब रहने दो...तुम बहुत ज़्यादा पी चुकी हो। तुम्हें मालूम है, पिछली बार तुम्हारा क्या हाल हुआ था?" आदमी ने हँसते हुए कहा। उसे अपनी पत्नी के बारे में 'सब कुछ' मालूम था। कम-से-कम सोचता वह यही था, इसीलिए वह निश्चिन्त था। निश्चिन्त पति हमेशा बहुत सुखी होते हैं।

वह काउंटर पर सिर उठाकर बैठी थी। घने बालों के बीच पीला, रक्तहीन चेहरा कुछ इस तरह उठ आया था, जैसे कुछ फूल अनायास सूरज की तरफ़ उठ आते हैं। लेकिन आँखें जिस ओर टिकी थीं, वहाँ कोई सूरज नहीं था। वहाँ सिर्फ़ छोटा-सा टेलीविज़न था जो बोतलों और गिलासों के बीच आइसबॉक्स-सा दिखाई देता था। परदे पर दुनिया का मानचित्र आया था और फिर न्यूज़ रील। एक लड़की मुस्कराती हुई ख़बरें पढ़ रही थी और उन ख़बरों को जीवन्त बनाने के लिए बीच-बीच में तसवीरें भी आती थीं और जब तसवीरें ग़ायब हो जातीं तो फिर लड़की का चेहरा दिखाई देता। लेकिन उसका स्वर सुनाई नहीं देता था, सिर्फ़ ऊपर-नीचे हिलते होंठ दिखाई दे जाते थे। वह जादू की कठपुतली-सी दिखाई देती थी।

"सुनो, क्या तुम मेरी मदद कर सकते हो?"

वह कुछ कह रही है...उसने सोचा। लेकिन सुनाई कुछ भी नहीं देता था, सिवाय बैंड की धुन के और बाहर की बारिश के, जो बाहर के बावजूद भीतर सुनाई देती थी।

"तेरे साथ...कहाँ?" जिप्सी ने पूछा।

"मैं एक जगह जानता हूँ, यहाँ से दूर नहीं है," फ़ौजी ने आग्रह से कहा।

जिप्सी लड़की चाकलेट कुतरते हुए बैंड-मास्टर को देख रही थी। नाचने के बाद वह काफ़ी तृप्त-सी जान पड़ती थी।

"वह जगह दूर नहीं है, हम दस मिनट में पहुँच जाएँगे," बड़े फ़ौजी ने कहा।

उस ठिंगनी, साँवली जिप्सन के सामने उसका बड़प्पन घटता जा रहा था। उसने हिम्मत नहीं हारी थी। यों भी फ़ौजी हिम्मत नहीं हारते, जब उनकी आख़िरी रात हो। इस दृष्टि से वे पतियों से अलग हैं...वे हर रात को शाश्वत समझते हैं।

"कुछ ज़रूर होगा...हम एक साथ सोएँगे। मैं तुम्हें प्यार करूँगा..."

आदमी ने अपने होंठ उसके घने बालों पर दबा दिये। एक बहुत पुरानी सुगन्ध उससे लिपटने लगी। बालों के नहीं, बीच के वर्षों की जो पतझर के पत्तों की तरह सड़क पर बिखरे रहते हैं।

"सुनो, क्या तुम मेरी मदद कर सकते हो?"

"मैं तीन रातों से नहीं सोई।" जिप्सी ने आँखें मूँदकर जम्हाई ली।

ब्लाउज़ पर बग़लों के पास पसीने के धब्बे उभर आए थे और उनके इर्द-गिर्द छितरे हुए बाल फूल रहे थे। एक हाथ से वह चाकलेट कुतरती जाती थी, दूसरे हाथ से अमरीकी सिगरेटों को सहलाती जाती थी।

"वह जगह ज़्यादा दूर नहीं है..." फ़ौजी ने मिन्नत-भरे स्वर में कहा।

"उससे कुछ नहीं होगा," उसने फ़ौजी के गालों को सहलाया, "मुझे रोग है।"

"कैसा रोग?" फ़ौजी ने सन्देह की दृष्टि से उसकी ओर देखा।

"लगनेवाला...और कैसा!" उसने हँसते हुए कहा।

फ़ौजी ने हताश भाव से उसके हाथ को छोड़ दिया। "मुझे डराओ नहीं।"

इस बार जिप्सी ने कुछ ध्यान से उस फ़ौजी को देखा—दाढ़ी के छोटे-छोटे बाल, जो आधी रात के समय चुपचाप उग आए थे, माथे पर टोपी का निशान, नाक के दाईं ओर तिल, जो बचपन में ख़ूबसूरत रहा होगा, लेकिन अब खुरदरी, पसीने से भीगी खाल पर मूँग के दाने की तरह चिपका था।

"फिर चलोगी?" वह उसकी दृष्टि से थोड़ा-सा सहम गया था।

"कोई नई बात कह...यह तो मैं हर रात सुनती हूँ।"

"मैं यहाँ फिर नहीं आऊँगा...कल सुबह हम जा रहे हैं।"

"मैं तीन रातों से बराबर नहीं सोई..." जिप्सी लड़की ने कहा।

"तुमने चाकलेट और सिगरेट माँगी थी..." फ़ौजी का स्वर रुआँसा हो गया।

"तू इतना अकेला बैठा था, इसीलिए मैं तेरे साथ आ गई। क्या यह तेरे लिए कुछ नहीं है?"

फ़ौजी चुपचाप उसकी ओर ताकता रहा। लगता था, उसकी सारी शक्ति चुप हो गई है...हिम्मत अब भी बची थी, लेकिन बिना शक्ति के वह गूँगी-सी हो गई थी।

"चुप क्यों हो गया? बता, क्या यह तेरे लिए कुछ नहीं है?"

बैंड-मास्टर ने मिचमिचाती आँखों से नाचते हुए लोगों को देखा। गर्मी बहुत थी। हर रात इस घड़ी उसे थोड़ी-सी प्यास महसूस होती थी। किन्तु वह अपने को रोके रखता था। वह अपने भीतर धीरे-धीरे इस ख़याल से खेलता रहता था कि कुछ ही देर में 'बार' बन्द हो जाएगी, डांसिंग फ्लोर ख़ाली हो जाएगा, बत्तियाँ बुझ जाएँगी...और तब वह निश्चिन्त होकर अपने कमरे में जाएगा, जहाँ वह अकेला रहता था और वहाँ बर्फ़ में लगी बियर पी सकेगा। शायद इस ख़याल से ही उसकी

मुस्कराहट बहुत आत्मीय हो जाती थी और वह पियानो-वादक से वह धुन बजाने का आग्रह करता था, जो लोगों को बहुत प्रिय थी। उसे यह भी मालूम था कि इस घड़ी लोग नाचने के लिए इतने इच्छुक नहीं, जितना एक-दूसरे को पाने के लिए आतुर हैं...और इस पाने में वह धुन हमेशा उनकी मदद करती थी।

"सुनो, क्या तुम मेरी मदद कर सकते हो?"

"नंगे सिर?" फ़ौजी ने अधेड़ महिला की ओर विस्मय से देखा, "लेकिन नंगे सिर क्यों?"

"हाँ, मैं बारिश में नंगे सिर ही जाती थी। न छतरी, न स्कार्फ़, कुछ भी नहीं।" उसने खोई हुई आँखों से टेलीविज़न को देखा...न्यूज़ रील बराबर चल रही थी।

"लेकिन नंगे सिर क्यों...तुम्हें सर्दी नहीं लगती थी?" उसका हाथ कोहनी से उतरकर टाँगों पर खिसक रहा था...।

"हाँ, मैं बारिश में नंगे सिर ही जाती थी।" उसने स्वप्निल आँखों से दरवाज़े के बाहर देखा, "बचपन में किसी ने मुझसे कहा था कि अगर बारिश में नंगे सिर चलो और देर तक चलते रहो, तो बुढ़ापे में बाल सफ़ेद नहीं होते।"

"और तुम इस पर विश्वास करती हो?" फ़ौजी का हाथ उसकी नायलॉन की जुराबों के अन्तिम सिरे पर आकर ठिठक गया—उस सिरे पर जहाँ नायलॉन के आगे सिर्फ़ नंगापन था।

"हाँ, मैं नंगे सिर ही जाती थी। वापस घर लौटती थी तो मेरे सब बाल भीगे होते थे और उनसे बूँदें टपकती रहती थीं...मैं कभी उन्हें तौलिए से नहीं पोंछती थी। वे अपने-आप सूख जाते थे और जब वे सूख जाते थे तो मैं फिर बारिश में बाहर जाती थी।"

"और तुम अब भी इस पर विश्वास करती हो?" फ़ौजी ने कहा। उसका हाथ ठिठक गया था।

"तुम समझते हो, मैं इतनी बूढ़ी हो गई हूँ कि मुझे पता चल सके?" अधेड़ महिला ने एक अजीब अदापूर्ण मुस्कराहट से उसकी ओर देखा।

"नहीं, मेरा मतलब यह नहीं था कि...।" फ़ौजी कुछ अचकचा-सा गया...अपने गँवारूपन के बावजूद। फिर अपनी ग़लती छिपाने के लिए बाहर देखने लगा। 'बार' की गुलाबी रोशनी में बूँदें गिर रही थीं... फ़व्वारे-सी। गर्मियों की बारिश बड़े-बड़े, गोल-मटोल, चमकीले हीरों की तरह। राख के हीरे...उसे एक फ़िल्म का नाम याद आया जो उसने मुद्दत पहले अपने क़स्बे में देखी थी। वह फ़िल्म दो यहूदी लड़कों के बारे में थी जो कांसन्ट्रेशन कैम्प से भाग आए थे और भूखे-प्यासे जंगलों में छिपते रहते थे। बाद में दोनों ही मर गए। वह आज तक नहीं समझ पाया कि उन यहूदी लड़कों का राख के हीरों से क्या नाता हो सकता है?

न्यूज़ रील बराबर चल रही थी, बैंड की लय के साथ। तसवीरें आती थीं और फिर चली जाती थीं।

"सिर्फ़ एक वोदका और!" घने बालोंवाली लड़की ने कहा।

बार की औरत ने अनिश्चित दृष्टि से उसकी ओर देखा। वह सोच रही थी कि इस हालत में उसे कुछ भी देना उचित होगा?

"अब रहने दो...जानती हो, इतना पीने के बाद तुम्हारा क्या हाल होता है?" उसके पति ने हल्के व्यंग्य से कहा। फिर उसने 'बार' की औरत से कहा, "पिछली बार जब इसने पी थी, रात-भर बिस्तर पर बैठकर काँपती रही थी और किसी को अपने पास नहीं आने देती थी।"

लड़की हँसने लगी। "किसी को नहीं...सिर्फ़ तुम्हें," उसने कहा।

आदमी ने उसकी बात सुनकर भी अनसुनी कर दी। रात की इस घड़ी में उसे अपनी पत्नी सचमुच आकर्षक जान पड़ने लगी थी। वह बेचैन-सा होने लगता था।

"घर नहीं चलोगी?" उसने उसके बालों को सहलाते हुए कहा, "वे अब बन्द कर रहे हैं।"

लड़की ने वोदका पी और फिर चैन और शान्ति से आदमी को देखा जो उसके पास बैठा था और उसके बालों को सहला रहा था। एक क्षण के लिए उसे विश्वास न हो सका कि वह उसका पति है। नहीं... वह मरता नहीं, उसने सोचा। एक दिन सहसा अनुभव होता है कि कोई जगह, जो पहले भरी-भरी-सी लगती थी, अब ख़ाली है। वहाँ पहले घर था, दरवाज़े थे, अब वह बाहर है और मैं किसी दिन वहाँ नहीं लौटूँगी। सुनो, कुछ हो रहा है!

धान के खेत और हवा। हवा में बलखाता हुआ धुआँ। टेलीविज़न के परदे पर कुछ झोंपड़ियाँ ताश के पत्तों-सी ढह जाती थीं।

"कुछ जल रहा है," जिप्सी लड़की ने चाकलेट कुतरते हुए कहा।

फ़ौजी का ध्यान भी अनायास टेलीविज़न पर चला आया।

"घर," उसने जम्हाई ली। थकी आँखों से आँसू भर आए।

इनका क्या नाम है? खेतों में भागता हुआ एक बच्चा, अधजली टाँगें...हवा।

"वे घरों को जला रहे हैं," रम पीते हुए फ़ौजी ने कहा।

"कहाँ जला रहे हैं?" अधेड़ महिला ने पूछा।

"न्यूज़ रील में।"

"मैं समझी, अभी तक जासूसी फिल्म चल रही है!" महिला ने कहा।

"सुनो, वह कुछ कह रही है।" घने बालोंवाली लड़की ने अपने पति का हाथ धीरे से झिंझोड़ा। फिर वह बहकी आँखों से चारों तरफ़ देखने लगी।

उसकी आँखों पर एक झिलमिला-सा परदा उतर आया था। सब कुछ हिलता-सा दीखता था—'बार' की बत्तियाँ, नाचते हुए जोड़े,

हवा में डगमगाता हुआ बैंड-मास्टर का बेंत, सिर्फ़ टेलीविज़न की वह तसवीर बहुत ख़ामोश और स्थिर जान पड़ती थी—जलते खेतों पर उड़ती हुई हवा और अधजली टाँगें। धान के खेत और उनके बीच न्यूज़ पढ़ती हुई लड़की के होंठ। और तब उसे यह बात बहुत हास्यास्पद-सी जान पड़ी कि हिलते हुए होंठों के पीछे एक आवाज़ है, जिसे वह सुन नहीं सकती।

"मैं कभी नहीं जान पाऊँगी कि वे जलते हुए घर कहाँ हैं, खेतों में भागती हुई छितरी, लिथड़ी टाँगें किसकी हैं?"

"मैं समझी, अभी तक जासूसी फ़िल्म चल रही है," अधेड़ महिला ने कहा।

"जल्दी करो, वे बन्द कर रहे हैं।" आदमी ने अधीरता से कहा।

"कहाँ चलोगे?"

"घर...और कहाँ?"

आदमी ने वोदका का गिलास उसके काँपते हाथों से छीन लिया, फिर उसे अपनी सख़्ती पर ही कुछ शर्म भी आई, शर्म के ऊपर आकांक्षा की हल्की-सी तह भी उभर आई थी...उसने लड़की के होंठों को चूमा।

लड़की ने नीरव आँखों से उसकी ओर देखा, फिर धीरे से फुसफुसाकर कहा, "घर...वे जल रहे हैं।"

बाहर अब भी बारिश गिर रही थी। दोनों फ़ौजी 'बार' से निकलकर पोर्च के नीचे आकर खड़े हो गए। वह गर्मियों की शान्तिपूर्ण रात थी। गिरती हुई बूँदों और उठती हुई भाप के बीच लैम्प-पोस्ट की बत्तियाँ धुँधले निस्पन्द धब्बों-सी चमक जाती थीं।

"कितने पैसे बचे हैं?" बड़े ने छोटे से पूछा।

"टिकटों के लिए काफ़ी हैं।...क्यों?"

"कुछ नहीं...?" बड़े फ़ौजी ने कहा, "मुझे याद नहीं रहा और मैंने सब ख़र्च कर डाले।"

दोनों ने अपने खाक़ी कोटों के कॉलरों को मोड़ा, टोपियाँ सीधी कीं और चुपचाप स्टेशन की ओर चलने लगे। सहसा उनकी दृष्टि सामनेवाले फ़ुटपाथ पर ठहर गई। अँधेरे में एक स्त्री की छाया लैम्प-पोस्ट के नीचे खड़ी थी। बारिश में उसका नंगा सिर भीग रहा था, सफ़ेद बालों पर नन्ही बूँदें झिलमिला जाती थीं—राख के हीरों की तरह।

पिछली गर्मियों में

वह दो सीढ़ियाँ नीचे उतरा और अन्तिम सीढ़ी पर आकर ठिठक गया। पाँव के अँगूठे से पानी को छुआ। एक गुनगुनी-सी झनझनाहट उसकी नंगी देह में फैलने लगी। एक आतुरता-सी हुई अपने को खुला छोड़ देने की, किन्तु उसने अपने को रोके रखा। उसकी निगाह 'पूल' (तालाब) पर टिक गई जो उजली सफ़ेद धूप में शान्त और स्थिर था, कुछ-कुछ अलसाया-सा भी, जैसे अक्सर गर्मियों में ठहरा पानी हो जाता है।

वह अपने को और अधिक नहीं रोक सका। एक क्षण बाद ही उसकी देह सफ़ेद-नीले पानी में खो गई।

गर्मी के उन अन्तिम दिनों में वह अक्सर यहाँ आता था। वह दोपहर-भर नीचे रहता—पानी के नीले और ठंडे अँधेरे में। कुछ देर के लिए अपने शहर को भूल जाता, घर को भी। पानी के भीतर उसे लगता, जैसे वह सो रहा हो!

जब वह बाहर आया, महीप हवा में हाथ हिलाता हुआ उसे बुला रहा था। वह पूल के किनारे घास पर लेटा था। पीछे की ओर क्लब की सफ़ेद इमारत पर धूप उतर रही थी।

"काफ़ी हो गया...चलो, भीतर चलें," महीप ने कहा।

"तुम नहीं नहाओगे?"

"आज नहीं। तुम जल्दी करो, तुम्हारे लिए मैंने अपनी प्यास रोक रखी है।"

वह चाहता था, कुछ देर और पानी में लेटा रहे। वह चाहता था, रात-भर पानी में लेटा रहे। पूल के चारों तरफ़ बिजली के हंडे जलने लगे थे। दूसरी तरफ़ एक छोटी-सी लड़की डाइविंग बोर्ड पर खड़ी थी। शायद कूदते हुए डर रही है—उसने सोचा। वह तौलिए से अपनी देह रगड़ने लगा।

"तुम ऊब नहीं जाते?"

"किससे?"

"मैं पाँच मिनट से ज़्यादा पानी में नहीं रह सकता।"

उसने गीला जाँघिया उतार दिया। महीप का मुँह लाल हो गया और दूसरी ओर मुँह फेर लिया।

"तुम बिलकुल प्रिमिटिव हो!" महीप ने कुछ झल्लाकर कहा।

वह हँसने लगा। उसके मन में ज़बरदस्त इच्छा हुई कि वह पूल में दोबारा चला जाए—इस बार बिना जाँघिए के। कितना फ़र्क़ पड़ जाता है अगर पानी में देह बिलकुल नंगी हो!

कुछ देर बाद वे क्लब के लाउंज़ में चले आए। देर तक तैरने के बाद बियर-जैसी कोई चीज़ नहीं—उसने सोचा, अगर वह ठंडी हो और कोई काम न हो। पिछले कई दिनों से उसके पास कोई काम नहीं है। वियना से आते हुए वह अपने साथ कुछ भी नहीं ला सकता था। बहुत अनिश्चित था। तीन वर्षों बाद वह वापस आया था और इस अरसे में यह उसकी पहली लम्बी छुट्टी थी।

"केशी का कोई पत्र आया?" महीप ने पूछा।

"नहीं," उसने कहा, "वह शायद नहीं आ सकेगा।"

"जाने से पहले उससे एक बार तो मिलोगे?"

"अभी कुछ तय नहीं है। मुझे शायद इतना समय नहीं मिल सकेगा," उसने कहा।

उसने महीप को देखा। वह चुपचाप अपनी बियर पी रहा था। केशी के वह बहुत से मित्रों को जानता था, किन्तु लौटने पर वह केवल महीप से मिल पाया है। उसके अपने मित्र पहले भी बहुत कम थे, जो थे वे इन वर्षों में केशी के इतने निकट आ गए हैं कि कभी-कभार, जब वह उनसे मिलता है, तो लगता है, जैसे वह अपने नहीं केशी के मित्रों से ही मिल रहा है।

बियर पीते हुए जब सब बातें चुक जाती हैं तो वे केशी को ले बैठते हैं।

"सीट बुक करा ली?" महीप ने कुछ लापरवाही से पूछा। वह शायद यह प्रश्न तीन सौ बार पूछ चुका है...। हर बार लापरवाही पहले से कुछ ज़्यादा बढ़ जाती है।

"अभी नहीं।" उसने गिलास में बोतल की बची हुई बियर उड़ेल दी। "अभी काफ़ी दिन हैं," उसने कहा।

अरसे से उसने गिनना बन्द कर दिया है। पहले वह सोचता था—यह दिन है, यह रात। पानी के नीचे कटे-निखरे और साबुत पत्थरों की तरह वे चमकते रहते। वे अब भी वहाँ होंगे लेकिन अब वह उन्हें गिनता नहीं। वे अब उसके लिए नहीं हैं।

"मैं एक बियर और लूँगा। तुम?" महीप ने पूछा।

"तुम एक ले लो, मैं उसी में थोड़ी-सी ले लूँगा।"

"सुनते हैं, वियना में 'बियर-गार्डन्स' होते हैं।...तुम कभी गए हो?"

"मैं गया नहीं...लेकिन इन दिनों खुल जाते हैं। इन दिनों वहाँ बाहर ऑर्केस्ट्रा भी होता है...।" उसने कहा।

उसे मालूम है कि महीप को इसमें कोई दिलचस्पी नहीं है। अगर केशी यहाँ होता तो वे आपस में बातें कर सकते थे। और वह चुपचाप इन दोनों की बातें सुनता रहा। पहले ऐसा ही हुआ करता था। लेकिन इन दिनों, यहाँ केशी नहीं है, महीप को यह ज़िम्मेदारी लगती है कि वह उससे बातें करे। उसने कई बार महीप से कहने की कोशिश की है कि अगर वे चुप रहें तो उसे बुरा नहीं लगेगा। लेकिन यह असम्भव है।

"तुम्हारा मन घर में ऊब नहीं जाता?" महीप ने पूछा।

बियर ख़त्म हो गई थी और लाउंज में अँधेरा घिर आया था।

"नहीं," उसने कहा, "मुझे ठीक लगता है।"

"तुम्हें यहाँ अजीब तो लगता होगा...इतने बरसों बाद!"

"इतना नहीं।"

उसने सिगरेट सुलगा ली। उसे अपना स्वर कुछ अजीब-सा लगा। उसे हल्की-सी ख़ुशी हुई कि महीप अँधेरे में उसका चेहरा नहीं देख सकता।

"तुमने कभी यहीं रहने के लिए नहीं सोचा? तुम्हें आसानी से कोई पोस्ट मिल सकती है।"

"मैंने कभी सोचा नहीं," उसने कहा।

पहले वह कभी-कभी सोचता था—शुरू में जब वह आया था। शुरू में, जब आया था तो उसमें काफ़ी उत्साह था। उसे अब कभी-कभी स्वयं अपने उत्साह पर हँसी आने लगती है।

कुछ देर बाद जब वे बाहर आए तो उसे लगा, उसके गीले बाल धीरे-धीरे हवा में सूख रहे हैं। दिल्ली में उसे अगस्त के दिन हमेशा अच्छे लगते रहे हैं। वे तुम पर छाते नहीं और तुम इन दिनों दूसरे दिनों के बारे में सोच सकते हो—जो बीत गए हैं या जो आनेवाले हैं।

सारे साल में अगस्त का महीना ही एक पुल की तरह है, तुम उस पर से गुज़र जाते हो लेकिन ख़ुद अपने में वह कुछ भी नहीं है।

वे विलिंग्डन क्रीसेंट से निकलकर कुशक रोड पर आ गए। गर्म हवा का रेला आता था और सड़कों की धूल उड़कर फ़ुटपाथ पर, फ़ुटपाथ से उड़कर जामुन के पेड़ों से छनती हुई बँगलों की भूरी झाड़ियों पर बिछ जाती थी। अरसा पहले वे शहर के इस हिस्से में रहते थे। तब बाबू रिटायर्ड नहीं हुए थे। और केशी आर्मी में नहीं गया था। उन दिनों वे बाहर घास पर सोते थे और रात को हवा चलने से बैडमिंटन का जाल बहुत देर तक फड़फड़ाता रहता था। उन रातों में नीता हमेशा रोती रहती थी (वह उसकी बहन है) और उन्हें पता नहीं चलता था कि उसने कोई बुरा स्वप्न देखा है या वह हवा में जाल की फड़फड़ाहट सुनकर डर गई है। उसने सोचा, वह यह बात महीप से कहे। किन्तु फिर वह कुछ सोचकर चुप रह गया। महीप सोचेगा—वह बियर पीकर यह सब कह रहा है। ऐसे क्षणों में केशी हमेशा चुप रहता था। वह कहा करता था कि पीने के बाद अगर तुम अतीत के बारे में सोचने लगो तो तुममें 'डीपर फीलिंग' नहीं है।

मुझमें वह नहीं है—उसने सोचा। शायद बचपन में रही होगी। एक रात उसने केशी से कहा, "देखो, मैं मर रहा हूँ।"

तब वह बहुत छोटा था। केशी उससे बहुत प्रभावित हुआ था। बाद में उसने उससे कहा, "अगर तुम उस दिन सचमुच मर जाते तो कुछ भी नहीं होता। तब मैं सिर्फ़ उदास हो जाता। लेकिन तुमने सिर्फ़ कहा और मरे नहीं, यह डीप फीलिंग है। यह बहुत ही डीप फीलिंग है।"

सेक्रेटेरियट की इमारत के सामने आकर वे ठहर गए। वहाँ बहुत-सी बसें खड़ी थीं। लेकिन समय काफ़ी था। वे चुपचाप खड़े रहे। महीप ने एक लम्बी साँस ली।

"तुम अरुणा से मिले हो?" उसने पूछा।

"अभी नहीं। मैं एक दिन वहाँ जाऊँगा।"

"घर में ही बैठना था तो इतनी दूर से आने की क्या ज़रूरत थी?"

"अभी काफ़ी दिन हैं," उसने कहा।

उसे लगा, महीप उसकी ओर देख रहा है। उसे हल्की-सी दुविधा हुई और वह दूसरी ओर देखने लगा जहाँ पुराने बैरक थे। उन गर्मियों में उसे अनेक बार भ्रम हुआ है कि लोग कुछ देर उसके संग रहने के बाद विस्मय से उसकी ओर देखते हैं। वे कहते कुछ भी नहीं। शायद यह महज़ भ्रम है, और है कुछ भी नहीं। शायद कुछ पीने के बाद उसे ऐसा लगता है, बाद में उसे ख़याल भी नहीं आता।

महीप की बस आ गई थी, वह उसमें बैठ गया। "तुम कल आओगे?" उसने पूछा।

"हाँ। मैं पूल के पास रहूँगा," उसने कहा।

वह उसे कुछ और भी कहना चाहता था, किन्तु बस चल दी थी और वह अकेला खड़ा रहा।

गर्मी की उन रातों में वह अक्सर देर से घर पहुँचता था। इससे कभी उसके पिता को बुरा नहीं लगा। उन्हें मालूम था कि इन दिनों उसके पास कुछ भी करने को नहीं है। उन्हें सिर्फ़ यही चिन्ता रहती कि वह कहीं घर में ऊब तो नहीं रहा। वह उन्हें आश्वासन देना चाहता कि वह बहुत सुखी है। उन दिनों के बारे में आज जब वह सोचता है तो लगता है कि वह तब सचमुच सुखी था। लेकिन वह यह कह नहीं सकता था। यह कहना कि तुम सुखी हो, बहुत हास्यास्पद है। कहोगे भी तो तुम पर कोई विश्वास नहीं करेगा।

उन गर्मियों में उसके पास कुछ भी करने को नहीं था। उसका छोटा भाई केशी आर्मी में चला गया था और जब वह अपने कमरे में अकेला ऊब जाता तो स्विमिंग पूल चला जाता था। वहाँ उसे घर से ज़्यादा अच्छा लगता था। उसे घर में भी अच्छा लगता था, लेकिन वहाँ माँ और बाबू थे और वे बहुत अकेले थे और वह उनके लिए कुछ भी नहीं कर सकता था।

रात को जब वे सो जाते थे तो वह कोन्याक पीने लगता था। कभी-कभी माँ उसे देख लेती थी और वह कुछ भी नहीं कहती थी। माँ का कुछ न कहना उसे काफ़ी बुरा लगता था और उसकी इच्छा होती थी कि वह दोबारा नहाने के लिए चला जाए, लेकिन रात को तुम पूल में नहीं जा सकते।

उस रात वह सीढ़ियों पर चढ़ता हुआ सहसा ठिठक गया। बाबू के कमरे में माँ का स्वर सुनकर वह चौंक गया था। वह बाबू के कमरे में बहुत कम आती थी।

"पता नहीं, दिन-भर वह कहाँ रहता है! तुमसे कभी कुछ कहा है?" बाबू का स्वर था।

"तुम्हें हमेशा फ़िज़ूल की चिन्ता लगी रहती है," माँ ने कहा। "वह तीन साल बाद लौटा है। तुम समझते हो, वह पहले जैसा ही रहेगा?"

"नहीं...नहीं, मैंने यह थोड़े ही कहा।" बाबू का स्वर अजीब खिसियाना-सा हो गया था।

उसने आगे नहीं सुना और चुपचाप सीढ़ियाँ चढ़ने लगा।

छत पर आकर उसे अजीब-सी शान्ति मिलती थी। उसने वहाँ बहुत से पेंट और सफ़ेदी के पीपे और ब्रुश जमा कर रखे थे। वह लकड़ी की सीढ़ी को दीवार के सहारे खड़ा कर देता और एक रस्सी से रंग के पीपे सीढ़ी पर बाँध देता। जब चाँदनी बढ़ने लगती तो सब चीज़ें रात को भी दिखाई देती थीं। वह देर तक दीवार के पलस्तर-भरे कोनों का ब्रुश फेरता रहता।

वह भूल जाता कि नीचे माँ खाना लेकर बैठी है। वह चमगादड़ की तरह दीवार से चिपका खड़ा रहता। चाँदनी रात में उसकी धुँधली छाया दीवार पर एक बेडौल पशु-सी पड़ती रहती।

अगस्त की इन गर्म रातों में उसने छत और दीवारों को क़रीने और साफ़-सफ़ाई से लीप-पोत डाला था। उसे कभी-कभी अजीब-सा लगता, जब वह ऊपर सीढ़ी पर खड़ा होता। चारों ओर हवा होती और अन्तहीन खुलापन। तब उसे लगता कि किसी चीज़ से अपने को ढक पाना, अपने को घेर पाना कितनी तसल्ली देता है। यह वही जान सकता है जो कभी खुली छत पर एक नंगी दीवार पर चढ़ा हो। उसे तब कुछ-कुछ वैसा ही महसूस होता, जैसा दिन के समय स्विमिंग पूल के नीले अँधेरे में—बहुत शान्त, बहुत ख़ाली।

जब कुछ देर बाद वह नीचे उतरा, उसने देखा, अँधेरे में माँ खड़ी है। उसे देखकर वह तनिक लज्जित-सी हो आई।

"तुम यहाँ कब से खड़ी हो?" उसने पूछा।

"कुछ नहीं। तुझे देख रही थी। तू कमरे में नहीं था, इसलिए यहाँ चली आई।"

माँ एक बहुत छोटी स्त्री है। उम्र के साथ वह सिकुड़ती गई है।

"खाना नहीं खाएगा? कब से पड़ा है!" उसने कहा।

वह व्यस्त-सा हो उठा। चूने में भीगा हुआ ब्रुश और पीपा उसने कोने में रख दिया। सीढ़ी को लिटा दिया। "तुम चलो, मैं आता हूँ," उसने कहा।

जब से वह आया है, उसे माँ का व्यवहार विचित्र-सा लगता है। पहले वह उससे बातचीत करती थी—शुरू में। किन्तु जब से उसके जाने के दिन पास आ गए हैं, वह चुप रहने लगी है। बोलती अब भी है, लेकिन कुछ आतंकित भाव से और उन्हीं बातों को दोहराती है जिन्हें वह पहले कह चुकी है। तीन साल पहले जब वह गया था, उसने कुछ नहीं कहा था।

अब वह दोबारा जा रहा है, तो भी उसके बारे में उसने कभी कोई चर्चा नहीं की।

वह उसके कमरे में आती है तो भी दबे पाँवों से। एक बार आधी रात में उसकी आँख खुल गई थी। उसे हल्का-सा आभास हुआ कि कोई अँधेरे में खड़ा है—उसके सिरहाने के पास। उसे इतना साहस भी नहीं हो पाया कि वह करवट ले सके। बाद में माँ को पहचानकर उसे काफ़ी क्रोध भी आया, लेकिन दूसरे दिन वह उससे कुछ भी कह नहीं सका।

रात का खाना वे एक साथ खाते थे। माँ चटाई पर बैठी रहती। बाबू रेडियो के पास दीवान पर। मेज़ के इर्द-गिर्द दो कुर्सियाँ ख़ाली पड़ी रहतीं—एक नीता की, दूसरी केशी की। नीता अपनी ससुराल में रहती, केशी आर्मी में। जब कभी वह इन कुर्सियों को देखता, उसे सारा घर सूना-सा लगता।

बाबू रेडियो सुनने के बहाने काफ़ी देर तक कमरे में बैठे रहते। माँ को यह अखरता था। उसे बाबू के प्रश्न भी ज़्यादा समझ में नहीं आते थे। वह विस्मय से कभी उसकी ओर देखती थी, कभी बाबू की ओर।

वे कभी न समझ पाते थे, इन तीन वर्षों के अन्तराल के बाद कैसे बात की जाए।

"यह सब तो तुम्हें वहाँ क्या खाने को मिलता होगा?" बाबू माँ की ओर देखते और मुस्कराने लगते।

वह चाहता, जल्दी से खाना ख़त्म करके ऊपर चला जाए, लेकिन वह बैठा रहता।

खाने की बात सुनकर माँ कहती, "अच्छा, नीता कहती थी, वहाँ मांस-मच्छी के सिवा कुछ मिलता नहीं...क्यों?"

अभी वह जवाब नहीं दे पाया होता था कि बाबू पूछते, "अच्छा, सर्दी तो वहाँ काफ़ी पड़ती होगी?"

"हाँ, लेकिन कमरों में सेंट्रल हीटिंग रहती है। भीतर पता नहीं चलता," वह धीरे-धीरे कहता।

"मैंने तुम्हें ओवरकोट ख़रीदने के लिए लिखा था।"

माँ उठकर अपने कमरे में चली जाती। घर में एक बोझिल-सा सन्नाटा घिर आता। वह प्रतीक्षा करता। उसे लगता, बाबू उससे कुछ कहेंगे। बाहर अगस्त की गर्मी और उजली रात सिमट आती। बाबू कुछ न कहते और अपलक उसकी ओर देखते रहते। बग़लों के पास उसकी क़मीज़ पसीने से तर हो जाती। वह भीतर-ही-भीतर प्रार्थना करता रहता कि वह कुछ कह दें जिससे बरसों से खिंचा यह अजीब-सा तनाव टूट सके। किन्तु आख़िरी छोर पर आकर सहसा बाबू इरादा बदल देते हैं।

दरवाज़े के पास जाकर वह रुक जाते, कहते, "क्या छुट्टी बढ़ा नहीं सकते?"

वह प्रश्न-भरी दृष्टि से उनकी ओर देखने लगता। बाबू समझ न पाते तो पूछता, "क्या कुछ काम है?"

"नहीं, काम क्या होगा!" बाबू के चेहरे पर वही एक खिसियानी-सी मुस्कराहट चली आती, "मैं सोचता हूँ, दीवाली इस बार यहाँ की कर लेते। उन दिनों केशी भी आ जाएगा।"

वह चुप रहता। उसे मालूम है, यह असम्भव है। लेकिन वह कहता कुछ नहीं।

वह ऊपर छत की बरसाती में चला गया। इस घड़ी सारा घर ख़ामोश हो जाता। बरामदे की बत्ती बुझ जाती। केवल देर तक माँ के कमरे की बत्ती जली रहती। उसे बहुत कम नींद आती थी। खाने के बाद वह अपने कमरे में चली जाती और वहीं अकेली बैठी रहती।

उसे हल्की-सी ख़ुशी होती। अब कोई नहीं आएगा। वह अपने पलंग पर बैठ गया। कोने में एक पोटली रखी थी, जिस पर पिछले वर्षों

में धीरे-धीरे धूल और गर्द इकट्ठा होती गई थी। वियना जाने से पहले उसने अपने स्कूल और कॉलेज की किताबें इसी पोटली में बाँधकर रख दी थीं। दीवार पर जुआँ-ग्री की एक प्रिंट लगा था जो उसने लाइपार्जम से केशी को भेजा था। केशी को हमेशा बहुत-सी चीज़ों में दिलचस्पी रही थी—पुराने चित्र, रिकॉर्ड, किताबों के पहले एडिशन। वियना में उसकी चीज़ों को ख़रीदते हुए उसे हमेशा परेशानी उठानी पड़ती थी। उसे स्वयं कभी इन चीज़ों से लगाव नहीं रहा। इन छुट्टियों में भी, जब उसके पास कुछ भी करने को नहीं है, वह उन किताबों में से एक को भी नहीं पढ़ पाता।

उस रात जब माँ दूध का गिलास देने आई तो कुछ देर तक उसके कमरे में खड़ी रही।

वह पलंग पर बैठ गया। उसे लगा, माँ कुछ कहना चाह रही है और संकोच में नहीं कह पाती।

"यहाँ बैठ जाओ, माँ!" उसने कहा।

"नहीं, मुझे काम है," माँ ने कहा, "तुम अरुणा से मिले थे?"

"नहीं, अभी नहीं," उसने कहा। फिर उसे अपने झूठ पर हल्का-सा खेद हुआ।

"किसी दिन हो आओ। जब तुम यहाँ नहीं थे, वह अक्सर तुम्हारे बारे में पूछती थी।"

"मैं किसी दिन वहाँ जाऊँगा," उसने कहा। "माँ, तुम कब तक खड़ी रहोगी?"

"मैं ठीक हूँ। मैं अब जा रही हूँ," माँ ने कहा। लेकिन फिर भी वह खड़ी रही। वह शायद समझ गई थी कि वह झूठ बोल रहा है। वह हमेशा समझ जाती है।

"मैं सोचती हूँ, कुछ दिनों के लिए केशी के पास हो आओ, वहाँ तुम्हारा मन लग जाएगा।"

"मेरा मन यहाँ भी लग गया है...फिर अब तो ज़्यादा दिन भी नहीं रहे!"

"हाँ, अब ज़्यादा दिन नहीं रहे," माँ ने कहा।

उसका स्वर सुनकर वह चौंक-सा गया। उसकी ओर देखा, लेकिन उसके चेहरे पर कुछ भी ऐसा न था जो वह पकड़ सकता।

माँ दरवाज़े के पास चली गई और फिर देहरी पर रुक गई।

"अगले इतवार को नीता आएगी, तुम घर में ही रहोगे?"

"अगर नीता आएगी तो मैं घर में ही रहूँगा," उसने कहा।

माँ चली गई और वह खिड़की के पास आकर खड़ा हो गया। मकान के परे सूने अहाते में आँखें कुछ खोजने लगीं—झाड़ियों के परे, लेन की छाया के ऊपर, जहाँ अगस्त की गर्म रात फैली थी। तुम अब भी डरते हो लेकिन किसके लिए? तुम कुछ दिनों बाद चले जाओगे और किसी को कुछ भी मालूम नहीं होगा।

किसी को मालूम नहीं होगा कि वियना में कोई लड़की तुम्हारे साथ रह रही है जिसके बारे में माँ या अरुणा नहीं जानतीं। तुम्हें शुरू में कह देना चाहिए था। अगर तुम शुरू में कह देते तो शायद कुछ भी न होता।

लेकिन इससे कोई फ़र्क़ नहीं पड़ेगा...वह कुछ दिनों बाद चला जाएगा और किसी को कुछ भी मालूम नहीं होगा। और जब उन्हें मालूम पड़ेगा, तब भी कोई फ़र्क़ नहीं पड़ेगा।

आख़िर में...बिलकुल आख़िर में कभी कोई फ़र्क़ नहीं पड़ता—अगर तुम्हारे माँ-बाप बहुत बूढ़े हों—उसने सोचा।

उसे हल्की-सी ख़ुशी हुई कि केशी घर में नहीं है। तीन साल बाद उसे देखकर वह ज़रूर कुछ सन्देह करने लगता। वह शायद पूछता कुछ भी नहीं, लेकिन एक दीवार-सी खड़ी हो जाती।

खिड़की के बाहर हवा चली थी। वह वापस मुड़कर पलंग पर लेट गया। बत्ती बुझा दी। उस रात वह देर तक अपने बचपन के बारे में सोचता रहा।

उन दिनों लोग मज़ाक़ में केशी को चीनी मेंडारिन कहा करते थे। वह हमेशा बहुत चुप रहता था। वह और नीता उसके पीछे हमेशा उसका मज़ाक़ उड़ाते थे। लेकिन उसके सामने हमेशा कुछ आतंकित-से हो जाते थे। उसे एक बहुत पुरानी घटना याद हो आई और वह अँधेरे में ही हँसने लगा।

तब वे बहुत छोटे थे। उन दिनों वे एक पहाड़ी स्टेशन पर रहते थे। गर्मी की छुट्टियाँ थीं। एक दिन वह, केशी और नीता कॉटेज के पीछे एक बाग में चले गए। वह उजड़ा बाग़ था और वहाँ कोई नहीं आता था। उन्हें यह भ्रम था कि ऐसे निर्जन स्थानों में अक्सर बहुत-सी बहुमूल्य चीज़ें छिपी रहती हैं। उन्होंने खोदना शुरू किया। वे देर तक खोदते रहे। नीता ऊब चली थी। आख़िर कुदाली किसी सख़्त चीज़ से टकराई। एक बड़ा पत्थर था। तीनों ने मिलकर उसे उठाया। धड़कते हुए दिल से नीचे गढ़े में देखा और वे स्तब्ध से होकर देखते रहे।

गढ़े में पड़ी थी एक पेड़ की डाल, एक लम्बी हड्डी और एक टूटे काँच का टुकड़ा।

उन्होंने बारी-बारी से हर चीज़ को छुआ—डाल को, हड्डी को, काँच के टुकड़े को। फिर अचानक नीता रोती हुई घर की तरफ़ भाग गई। उन चीज़ों को वहीं छोड़कर वे चुपचाप लौट आए।

उस रात सोने से पहले केशी ने बिना उसकी ओर मुँह मोड़े, छत की ओर देखते हुए पूछा, "जानते हो, नीता क्यों रोने लगी थी?"

"शायद वह डर गई थी।"

"नहीं, डर तो हम गए थे। वह बहुत सेंसिटिव है।"

"फिर?" उसने केशी की ओर देखा। वह अब भी छत की ओर देख रहा था।

"जब तुम उन्हें छू रहे थे तो तुम्हें ऐसा नहीं लगा कि वे रेजिस्ट कर रही है?" वह कुछ देर तक चुप रहा, फिर धीमे स्वर में बोला,

"रेजिस्ट कर सकना यह एक बड़ी चीज़ है।" केशी ने एक लम्बी साँस ली और करवट बदलकर सो गया।

केशी ऐसा ही था—बचपन से। उस रात उसे देर तक नींद नहीं आ सकी। वह अपने वियना के अपार्टमेंट के बारे में सोचने लगा जहाँ उसने पिछले तीन साल गुज़ारे थे। वहाँ से डैन्यूब की कैनाल दिखाई देती थी। इन दिनों वहाँ पत्ते झरना शुरू हो चुके होंगे—उसने सोचा। फिर उसे बाबू की खाँसने की आवाज़ सुनाई दी। जब वह सुराही से पानी भरते थे तो ऊपर तक आवाज़ जाती थी। माँ ने जीने के दरवाज़े की साँकल लगाई होगी—सीढ़ियों पर हल्की पदचाप सुनकर उसने सोचा। फिर सारा घर शान्त हो गया।

सिर्फ़ हवा चलने से जुआँ-ग्री की स्टिल लाइफ़ पर परदे की छाया डोल जाती थी।

उस शाम जब वह स्विमिंग पूल से लौटा, नीता उसकी प्रतीक्षा कर रही थी। उसने बूलू को चूमा। उसकी पलकें बहुत लम्बी थीं और जब वह उसे चूमता था तो उसके गालों पर गुदगुदी-सी होने लगती थी।

"मैंने तुम्हारे लिए बहुत-सी चीज़ें जमा की हैं।" उसने उसके बालों को सूँघा। उसे बहुत पहले की वह अजीब-सी गन्ध याद हो आई जो नीता के बालों से आती थी।

"कौन-सी चीज़ें?" बूलू ने उसकी ओर देखा।

"अलमारी में रखी हैं।"

"मामा, तुमने कहा था, मुझे चार्ल्स स्टोन सिखाओगे।"

बूलू ने जिज्ञासा से उसकी ओर देखा।

"जब तुम सीख जाओगी तो सिर्फ़ मेरे साथ नाचोगी; अपने किसी और दोस्त के साथ नहीं," उसने कहा।

"बड़े होने पर भी?" बूलू के स्वर में हल्की-सी निराशा थी।

"बड़े होने पर ही! अभी तो तुम कुछ नहीं हो।" बड़े होने पर बूलू उन्नीसवीं शताब्दी की कोई रूसी प्रिंसेस दिखाई देगी—उसने सोचा। उतनी ही ख़ूबसूरत, उतनी ही डिकेडेंट।

वे ऊपर आ गए। जब नीता आती थी तो वे सब केशीवाले ही कमरे में बैठते थे। चाय सब एक साथ पीते। बूलू के लिए ख़ास चाकलेट कप तैयार किया जाता। नीता बाबू के कमरे से उनकी आरामकुर्सी खींच लाती थी। वे उसी पर आँखें मूँदकर अधलेटे से पड़े रहते। बाबू के सामने आज भी वह और नीता एक अजीब-सी हिचक महसूस करते रहे हैं। जब केशी होता था तो यह हिचक नहीं रहती थी। लेकिन उसके न रहने से एक चुप्पी-सी छाई रहती। वह स्वयं कभी भी ठीक से बात शुरू नहीं कर पाता था।

"तुम आए नहीं। तुम्हारे जीजाजी तुमसे बहुत मिलना चाहते थे।" नीता ने उसकी ओर देखा। "क्या करते हो दिन-भर?"

वह हँस दिया।

"मैं कभी-कभी तैरने चला जाता हूँ...महीप के क्लब में," उसने कहा।

नीता ने तनिक कौतूहल से उसकी ओर देखा।

"मैंने वहाँ सीख लिया था," उसने जल्दी से कहा।

"नीता, तुम्हें भी सीखना चाहिए। वहाँ बहुत-सी लड़कियाँ तैरने जाती हैं।"

"इस उम्र में? तुम पागल हो!" उसने हँसते हुए बाबू को देखा। वह अब भी आँखें मूँदे लेटे थे।

"तुम्हारी उम्र कुछ भी नहीं है," उसने कहा। जब नीता इस तरह हँसती है तो सचमुच विश्वास नहीं हो पाता कि वह बूलू की माँ है। दोनों छोटी-बड़ी बहनें लगती हैं।

उस घर में सिर्फ़ नीता ही ऐसी थी जिसे बीच के बरस अछूता छोड़ गए थे। या शायद अछूता शब्द ठीक नहीं, उन्होंने उसे छुआ है, जैसे हम किताब को छूते हैं। ऊपर का कवर पुराना हो जाता है, किन्तु भीतर सब कुछ वैसा ही है जैसा पहले था।

धीरे-धीरे शाम का आलोक फीका पड़ने लगा। वे तीनों चुपचाप चाय की मेज़ के इर्द-गिर्द बैठे रहे। बूलू छत पर चली गई।

"आपको गर्मियों में कहीं चले जाना चाहिए था," नीता ने बाबू को देखकर कहा। "यहाँ अकेले बैठे-बैठे तो वैसे भी जी उचाट हो जाता होगा?"

"हाँ, केशी ने लिखा तो था," बाबू ने कुछ आगे झुककर कहा। "लेकिन हमारी अब कहीं आने-जाने की हिम्मत नहीं होती।" वह कुछ झेंपते हुए हँस दिये।

"आप कहें तो मैं केशी को चिट्ठी डाल दूँ। वह आपको ले जाएगा," नीता ने कहा।

बाबू कुछ देर तक सूनी आँखों में हवा में देखते रहे, फिर धीरे से बोले, "मैं चला तो जाता लेकिन फिर तुम्हारी माँ पीछे अकेली रह जाएगी। इसके जाने के बाद तो घर ख़ाली हो ही जाएगा। बाद में कहीं चले जाएँगे।"

नीता की आँखें उस पर उठी थीं। वह खिड़की से बाहर देखने लगा। उसकी इच्छा हुई, वह जेब से सिगरेट निकाल ले, लेकिन फिर उसके हाथ ठिठककर जेब में ही रह गए। बाबू के सामने सिगरेट पीने में उसे आज भी अजीब-सी झिझक होती है। वह कुछ कहते नहीं, फिर भी ख़ुद ही इच्छा मर जाती है।

शाम का पीलापन कमरे में फैल गया। आख़िरी धूप का उजलापन चाय की प्यालियों पर सिमट आया था। कभी-कभी कोई चिड़िया रोशनदान से उड़कर कमरे का चक्कर लगाने लगती और उसकी छाया उन तीनों के सिरों पर मँडराकर हवा में घुल जाती।

उन गर्मियों में उसे पहली बार बाबू इतने अकेले जान पड़े थे।

छत से उतरकर बूलू कमरे में चली आई। कमरे का वातावरण अचानक ढीला-सा पड़ गया।

"मामा, कहाँ हैं हमारी चीज़ें?"

वह उसके सामने आकर खड़ी हो गई।

"कैसी चीज़ें?" नीता ने पूछा।

वह उठा और अलमारी के पास चला गया। निचली दराज़ से उसने चमड़े का एक लम्बा बैग निकाल लिया जो उसने आने के पहले वियना में ख़रीदा था।

लेकिन बूलू में इतना धैर्य कहाँ था कि प्रतीक्षा कर सके! उसने हाथ के झटके से बैग छीन लिया और मेज़ पर रखकर उसे खोलने लगी। दूसरे ही क्षण बहुत-से छोटे-बड़े सिक्के चमचमाते हुए मेज़ पर बिखर पड़े।

एक क्षण के लिए बूलू विश्वास नहीं कर सकी।

"ये सब मेरे हैं?" उसके स्वर में प्रश्न इतना नहीं था जितना यह विस्मयकारी विश्वास कि ये सब उसके हो सकते हैं।

उसने अपनी कुर्सी मेज़ के पास खींच ली। वह धीरे-धीरे उसे समझाने लगा—आस्ट्रियन शिलिंग, फेरो आइलैंड्स का क्राउन, इटैलियन लीरा—वह जिन-जिन देशों में गया था, उन सबके सिक्के उसके पास होते गए थे। जर्मनी का मार्क दिखाते हुए सहसा उसके हाथ ठिठक गए—उसे अचानक वह रात याद हो आई जो उसने बर्लिन की सड़कों पर बिताई थी। लेकिन बाक़ी सिक्कों को छूते हुए उसे विशेष कुछ भी

याद नहीं आया। लगा, जैसे बूलू के साथ वह भी उन्हें पहली बार देख रहा हो।

"तुम फेरो आइलैंड भी गए थे?" नीता ने तनिक आश्चर्य से पूछा। "तुमने कभी ख़त में नहीं लिखा।"

"हम वहाँ सिर्फ़ एक रात ठहरे थे," उसने कहा।

"क्या वे उतने ही छोटे हैं जितने नक़्शे पर दीखते हैं?" बूलू ने कौतूहल से पूछा।

उसने बूलू की हथेली को अपने गाल से दबा लिया। "वे तुम्हारी हथेलियों से छोटे हैं," उसने कहा।

"मामा, शुरू करें?" बूलू उससे सट गई।

उसने नीता की ओर देखा। वह दीवार के एक कोने में बैठी थी। बाबू बहुत पहले अपने कमरे में जा चुके थे। अगस्त का धुँधलापन हर चीज़ पर मटियाली रेत-सा बिछ गया था—गर्म और किरकिरा-सा।

उसने मेज़ बीच से हटा दी। बूलू जल्दी-जल्दी सिक्कों को समेटने लगी। उसके भूरे बाल ढीले होकर कन्धे पर झुक आए थे।

उसे आज भी अगस्त की वह शाम याद है। वह कुछ क्षणों के लिए भूल गया था कि वह दिल्ली में अपने घर में है। बूलू को चार्ल्सस्टोन सिखाने में ज़्यादा देर नहीं लगी। उन्होंने रेडियो में बहुत खींचतान के बाद एक ऐसा स्टेशन खोज निकाला था जहाँ से थोड़ा-बहुत म्यूज़िक रुक-रुककर बाहर आता था। चार्ल्सस्टोन से उसका दूर का सम्बन्ध भी नहीं था, शायद वह ट्यून किसी ने पहली लड़ाई के ज़माने में बनाई थी। लेकिन उनके लिए इतना ही काफ़ी था।

इतना ही काफ़ी था, क्योंकि कुछ देर बाद वे रेडियो को भूल गए। बूलू जब घूमकर उसकी ओर देखती तो वह अकेला-सा हो जाता। फिर वे पास आते। बूलू उसकी बाँहों में सिमट जाती। एक छोटी, उड़ती हुई मुस्कराहट उसके होंठों को छू जाती और वे अलग हो जाते।

यह मुस्कराहट उसके लिए नहीं थी। इस उम्र में पहली बार चार्ल्सस्टोन नाचते हुए लड़कियों की यह मुस्कराहट किसी के लिए नहीं होती, यह वह वियना में बहुत पहले जान पाया था।

"मामा, तेज़ी से!" बूलू धीरे से उसके कानों में फुसफुसाई। उसका चेहरा पीला-सा पड़ गया था। वह बहुत उत्तेजित-सी हो आई थी। नाचते हुए उसकी आँखें बहुत उज्ज्वल-सी हो जाती थीं, उसने यह पहले भी देखा था। हर बार वह कुछ घबरा-सा जाता था। किसी लड़की की आँखों को सह पाना, जब वे बिलकुल चेहरे के सामने हों और इतनी ही उज्ज्वल हों, जैसी बूलू की अक्सर हो जाती थीं, उसके लिए हमेशा यातनामय रहा है।

"अच्छा, अब बन्द करो...बहुत हो गया।" कमरे के अँधेरे कोने से नीता का स्वर सुनाई दिया। वे उसे बिलकुल भूल गए थे।

"मामा...अभी नहीं," बूलू ने कहा।

उसने माथे से पसीना पोंछा। उसे लगा, जैसे पिछले महीनों में उसकी आदत बिलकुल छूट गई है।

"अब नहीं, बूलू, फिर किसी दिन," उसने कहा।

"फिर कब?" बूलू की आँखें अचानक डबडबा आईं।

"तुम चले जाओगे और मैं सब भूल जाऊँगी।" फिर उसे अपने ही आँसुओं पर शर्म-सी हो आई। उसने हँसते हुए कहा, "तुमने मुझे सबसे पहले वाल्ट्स सिखाया था, याद है?" उसने उसकी आँखों में देखा और उसे अपना स्वर ही अजीब-सा लगा, "बूलू, लेट अस हैव ए वाल्ट्स!"

बूलू ने नीता की ओर देखा और मुस्कराने लगी। वाल्ट्स के लिए बूलू में कुछ ऐसी चीज़ थी जो वह कभी नहीं समझ पाया—केशी की डीप फीलिंग नहीं बल्कि एक ख़ास तरह का मोह जिसे देखकर वह हमेशा आतंकित-सा हो जाता। लेकिन उस शाम वे बहुत सुखी थे।

नीता भी दीवान के आगे खिसक आई थी और मुस्कराते हुए उन्हें देख रही थी। एक बार उन्होंने उसे भी अपने साथ खींचने की कोशिश की थी, लेकिन उसने हँसते हुए अपने को छुड़ा लिया था।

कमरे में पीला-सा अँधेरा घिर आया था। उनके स्टेप्स की गति इतनी धीमी थी कि कभी-कभी भ्रम होता था कि वे एक ही जगह पर खड़े हों, हालाँकि रेडियो की गड़गड़ाहट के बीच वह ट्यून अब भी सुनाई पड़ जाती थी—वही ट्यून जो किसी ने पहले युद्ध के ज़माने में बनाई थी। उसके नोट्स माचिस की जलती तीली की तरह हवा के छोटे-से घेरे में ही सिमट गए थे। जब ज़रा ऊपर भी उठते थे तो लगता था, जैसे तीली से हाथों का घेरा हट गया हो और वह नंगी होकर अँधेरे कमरे में फड़फड़ा रही हो। उस धुँधलके में उसे बूलू बहुत बड़ी-सी लग रही थी। उसने अपना सिर उसके कन्धों पर टिका दिया था। लेकिन उसकी साँसों से लगता था, जैसे वह अभी बहुत छोटी है। उसके बालों से वही पहचानी-सी गन्ध आ रही थी—बहुत अरसा पहले गर्मी की छुट्टियों और पहाड़ी स्टेशन की गन्ध—जो बचपन में उसकी माँ या नीता के बालों से आती थी।

वे ठहर गए। रेडियो की ट्यून अचानक बुझ गई थी। नीता ने उठकर कमरे की बत्ती जला दी।

"तुम तो पूरे एक्सपर्ट जान पड़ते हो," नीता ने हँसते हुए कहा। उसकी साँस उखड़ने लगी थी। सिगरेट लगाकर वह उस आरामकुर्सी पर बैठ गया जिस पर अभी कुछ देर बाबू बैठे थे।

"मामा, तुम तो वहाँ हर शाम को नाचने जाते होंगे?" बूलू ने ईर्ष्या से उसकी ओर देखा। उसने अपने बाल पीछे समेट लिये थे।

उसकी बड़ी आँखों में एक ज्वरग्रस्त आलोक सिमट आया था।

खिड़की के बाहर लैम्प-पोस्ट जलने लगा था। उसके परे दिल्ली का आकाश था—अगस्त के बुझते आलोक में अवसन्न और सूना सा।

बूलू थककर दीवान पर लेट गई थी। माँ ने नीता को किसी काम से रसोई में बुला लिया। वह कुछ देर तक कमरे में अकेला बैठा रहा—नीता की प्रतीक्षा में। नींद के बोझ से बूलू की आँखें मुँदने लगी थीं, लेकिन अब भी उसके गाल जल रहे थे। उसने धीरे से बूलू के जूते उतारकर कोने में रख दिये।

"मामा!" बूलू ने अपनी आँखें खोल दीं।

"क्या बात है, बूलू?"

"तुम जा रहे हो?"

"मैं कहीं भी नहीं जा रहा।"

बूलू ने आँखें फिर मूँद लीं और दीवार की ओर करवट बदल ली। उसने कमरे की बड़ी बत्ती बुझा दी, सिर्फ़ टेबल-लैम्प जलते रहने दिया। वह कुछ देर तक बूलू को देखता रहा। उसे लगा, जैसे वह तुर्गनेव की कोई हीरोइन हो! फिर धीमे-दबे क़दमों से वह बाहर चला गया।

ऊपर कोई नहीं था, सिर्फ़ हल्की-सी चाँदनी थी जो अगस्त की उन उमस-भरी रातों में फटे-मैले चिथड़े-सी हर मकान की छत पर पड़ी रहती थी।

सामने बहुत-से मकान थे—एक-दूसरे से सटे हुए। पानी के पाइपों के बीच चौकोर दीवारें किसी घिसे-पिटे सिनेमा-स्क्रीन-सी दिखाई देती थीं, जिनके आर-पार कभी-कभी कोई बेडौल-सी छाया रेंग जाती थी।

अब शायद कोई नहीं आएगा—उसने सोचा। वह बरसाती में चला आया। बत्ती जलाई, फिर अपना सूटकेस खोला। आर्कियोलॉज़ी की कुछ पुस्तकें ऊपर रखी थीं जिन्हें वह अपने साथ वियना से ले आया था। नीचे कपड़े थे। उन्हें हटाकर उसने तौलिए से लिपटी कोन्याक की बोतल निकाल ली जो वह आते समय अपने साथ ले आया था।

शुरू-शुरू में यहाँ अकेले बैठकर पीना उसे काफ़ी मनहूस-सा जान पड़ता था। इच्छा होती भी थी तो उसे टाल जाता था। लेकिन जब किसी रात देर तक नींद नहीं आती थी तो वह थोड़ी-सी पी लेता था। वैसे भी कोन्याक वह एक साथ ज़्यादा नहीं पी सकता था।

यों घर में पीते हुए उसे आज भी थोड़ी-सी झिझक होती थी। तसल्ली भी होती थी लेकिन बाद में। कुछ पी लेने के बाद वह हमेशा वियना के बारे में सोचने लगता था। लेकिन यह वह बाद में सोचता था—शुरू में एक अजीब-सा डर लगता था। लेकिन जब पी लेने के बाद वह बिस्तर पर लेटता था, तो न डर लगता था और न वियना के बारे में सोचता था। तब सिर्फ़ सो जाने को मन करता था।

लेकिन उस रात वह जानता था, नींद आएगी। वह बहुत थक गया था। लेकिन जब वह नींद के बारे में निश्चिन्त हो जाता तो वह उसे कुछ और देर के लिए ठेलना चाहता था। वह चाहता था, वह स्वयं अपनी इच्छा से नींद के घेरे में जा सके, जैसे वह स्विमिंग पूल के नीचे अँधेरे में धीरे-धीरे खो जाता था।

उसने बोतल से गिनी-नपी कोन्याक की मात्रा गिलास में ढाल दी। तब उस क्षण वह छाया दीवार पर पड़ी थी। उसका हाथ रुक गया। लेकिन उसे जल्दी नहीं थी। पीछे मुड़ने के पहले उसने गिलास से एक लम्बा घूँट ले लिया था। उसे बहुत अच्छा महसूस हुआ। उसे कोन्याक हमेशा अच्छी लगती थी।

उसने पीछे मुड़कर देखा—देहरी पर नीता खड़ी थी।

"मैं समझी थी, तुम सो गए।" वह भीतर आकर पलंग के पैताने पर बैठ गई। उसने धीरे से कोन्याक की बोतल पलंग के नीचे खिसका दी। उसने सोचा था, उसे पीता देखकर वह चली जाएगी। वह चली जाती तो उसे विशेष दुख न होता।

"बूलू सो गई?" उसने पूछा।

"वह बहुत जल्दी उत्तेजित हो जाती है। तुम्हें इतनी देर तक उसके साथ नहीं नाचना चाहिए था।"

"वह ठीक है। वह ठीक तुम्हारे-जैसी है, जब तुम छोटी थीं," उसने कहा।

"तुम हमारे घर आए नहीं। तुम्हारे जीजाजी ने कई बार मुझसे पूछा था।"

उसके स्वर में कुछ रहा होगा, उलाहना नहीं, फिर भी कुछ जो उन दोनों के बीच है बरसों से। वह अक्सर भूल जाता है कि वह उससे बड़ी है—सिर्फ़ उम्र में ही नहीं, उसका अपना एक अतीत है जिसे वह कभी छू नहीं पाता।

"नीता, तुम्हें बुरा तो नहीं लगेगा अगर...?"

"नहीं...नहीं," उसने कुछ असमंजस में कहा, "लेकिन क्या तुम हर रात को...?"

"हर रोज कहाँ!" उसने कोन्याक पलंग के नीचे से बाहर निकाल ली। इस बार झूठ बोलते हुए हल्की-सी ख़ुशी हुई। शुरू के क्षणों में कोन्याक आदमी को कितना तटस्थ बना देती है! हम अपने से खेलने लगते हैं।

"निन्दी!" नीता कुछ कहते-कहते रुक गई। उसने उसकी ओर देखा। उसकी आँखें अचानक उजली-सी हो आई थीं—बूलू की तरह।

"क्या नीता?" उसने पूछा।

वह एक लम्बे क्षण तक उसे देखती रही।

"तुम बदल से गए हो।" उसका स्वर बहुत धीमा और अनिश्चित-सा था।

"तुम्हें सचमुच ऐसा लगता है?" उसने मज़ाक़ में पूछा।

"तुम नहीं सोचते?"

"सोचता हूँ," उसने कहा। "जब वहाँ था, तो कभी ख़याल नहीं आता था।"

कुछ देर तक वे ख़ामोश बैठे रहे।

"तुम अक्सर घर आती हो?"

नीता ने विस्मय से उसकी ओर देखा।

"अब वैसे नहीं, जैसे पहले। जब केशी था तो अक्सर आती थी।"

कुछ देर तक वे केशी के बारे में सोचते रहे जो आर्मी में चला गया था। उसकी किताबें, उसका फ़ोटो, उसके अलबम, उसके प्रिंट्स अब भी ऊपर के दराज़ में रखे थे।

उसने थोड़ी-सी कोन्याक और गिलास में ढाल ली। एक हल्की-सी गर्माई उसे धीरे-धीरे अपने में घेरने लगी थी।

"तुमसे एक बात कहनी थी...मैं आज इसीलिए यहाँ आई थी।" कमरे के सन्नाटे में उसे नीता का स्वर पराया-सा लगा।

वह गिलास से खेल रहा था। उसके हाथ ठिठक गए। उसे लगा, जैसे वह बहुत पहले से इस क्षण की प्रतीक्षा कर रहा था।

"तुम रुक नहीं सकते?" नीता का स्वर भावहीन-सा हो आया था।

"इससे होगा क्या?"

"माँ और बाबू बहुत अकेले हैं। जब केशी था, तो मुझे फ़िक्र नहीं रहती थी।"

"इससे कुछ बनेगा नहीं," उसने कहा, "मैं चाहूँ तो भी घर ऐसा ही रहेगा।"

"तुम चाहते भी नहीं।"

पीने के बाद उसे हर चीज़ हल्की-सी लग रही थी।

"हाँ, शायद मैं चाहता भी नहीं," उसने कहा।

कुछ देर तक दोनों एक-दूसरे को देखते रहे।

"केशी ने मुझे बताया था, क्या यह सच है?" नीता का स्वर सूखा था।

"क्या सच है?" उसने पूछा।

"तुम वहाँ अकेले नहीं रहते..."

वह उसकी ओर देखता रहा।

"हाँ, हम एक साथ रहते हैं।"

"तुमने उससे विवाह नहीं किया?"

"नहीं, हम सिर्फ़ एक साथ रहते हैं," उसने कहा।

"तुमने अरुणा से इसके बारे में कुछ कहा है?"

"नहीं।" उसने कोन्याक का एक लम्बा घूँट लेकर गिलास नीचे रख दिया। "उससे कोई फ़ायदा नहीं।"

कुछ देर तक दोनों भाई-बहन चुप बैठे रहे। उनके पास एक-दूसरे से कहने के लिए अब कुछ भी नहीं था। एक क्षण के लिए उसके मन में एक अजीब-सी इच्छा हुई थी कि वह नीता से कुछ कहे—वह सब कुछ जो इन वर्षों में घर के बाहर बीता है। लेकिन वह चुप रहा।

उससे कोई भी अन्तर नहीं पड़ेगा—उसने सोचा।

"मुझे अब चलना चाहिए।" नीता पलंग से उठ खड़ी हुई। फिर उसने कमरे में चारों ओर देखा।

"यह रंग तुमने किया है?"

"तुम्हें कैसा लगा?" उसने हँसते हुए पूछा और उसी साँस में कहा, "मैंने बाहर भी किया है।"

"केशी आएगा तो पहचान नहीं सकेगा।" नीता अब भी विस्मय से दीवारों को देख रही थी। वे धीमे क़दमों से चलते हुए किताबों की लम्बी लकड़ी के शेल्फ़ के पास आकर खड़े हो गए। यह शेल्फ़ बहुत पहले केशी और नीता ने मिलकर बनाई थी।

"तुम्हारी किताबें भी यहाँ पड़ी हैं," उसने नीता से कहा।

उसे कभी-कभी आश्चर्य होता था कि विवाह के बाद नीता एक भी किताब अपने साथ नहीं ले गई।

नीता अनमने भाव से किताबों के टाइटल देखती रही, फिर अचानक उसने उसकी ओर देखा। उसे लगा, जैसे एक बहुत पुरानी स्मृति उसके भीतर उखड़ आई है।

"तुमने वियना में ज्वायग का घर देखा?" उसने पूछा।

"ज्वायग? नहीं। इतना वक़्त कहाँ था!" उसने कहा। उसे कभी किताबों और लेखकों में दिलचस्पी नहीं रही।

"निन्दी, तुम्हें अजीब-सा नहीं लगता?" वह शेल्फ से मुँह मोड़कर उसकी ओर देखने लगी।

"कैसा अजीब-सा?"

"इस रात...इस रात हम सब घर में हैं...बहुत अरसे बाद...सिवा केशी के।"

उसका स्वर कुछ इस तरह भर-सा आया था कि वह दूसरी ओर देखने लगा। उसे अचानक लगा, मानो वे दोनों ज़मीन के एक टुकड़े के सामने खड़े हैं जो बिलकुल अपरिचित और अजाना-सा है। उनके बीच—उन भाई-बहन के बीच—एक मूक समझौता है कि वे उस पर नहीं चलेंगे। वहाँ उनकी बढ़ती हुई उम्र थी। उसे वैसा ही छोड़ देंगे जैसा वह है।

वहाँ वे अकेले थे।

फिर सितम्बर के दिन आए। आकाश का रंग दिन-भर नीला रहने लगा। सड़कों पर पत्ते झरते रहते। अगस्त के दिनों में वे बहुत चमकीले और उज्ज्वल थे। अब उनका रंग काला पड़ने लगा। हवा में एक ख़ुश्क करारापन आ गया। लेकिन वह अब बहुत सफ़ेद और उजली थी।

जो शहर गर्मियों में सिकुड़-सा गया था, अब वह खुला-खुला-सा दिखाई देने लगा।

उन दिनों वह अक्सर घर में रहता। माँ उसके सामने ज़्यादा नहीं आती थीं। बाबू अधिकतर अपने कमरे में रहते। वह एक बार नीता के घर गया था। बूलू का स्कूल खुल गया था और वह उससे बहुत कम समय के लिए मिल पाई थी। लेकिन जिस दिन वह जाएगा, वह एयरोड्रोम आएगी—चाहे उसे अकेली ही आना पड़े। लेकिन इन दिनों उसके पास समय बिलकुल नहीं था।

जब वह घर में रहता, उसे यही डर लगा रहता कि कहीं बाबू यह न समझें कि उसका मन नहीं लग रहा। इसलिए शाम होते ही वह कपड़े बदल लेता, ताकि वह समझ लें कि उसे अपने मित्रों से मिलने जाना है। सिगरेट ख़रीदकर वह किसी पासवाले रेस्तराँ में जा बैठता और जब उसे यह निश्चय हो जाता कि वह सैर के लिए बाहर चले गए होंगे तो फिर वापस अपने कमरे में लौट आता।

जाने से एक दिन पहले वह स्विमिंग पूल गया था। महीप ने उसे शाम को आने के लिए कहा था, किन्तु वह अपने को रोक नहीं सका और बहुत जल्दी आ गया। वह शुरू सितम्बर का दिन था। मौसम में भीगा हल्कापन था। धूप उन दिनों भी काफ़ी गर्म रहती थी, लेकिन उसके तीखे कोने झर गए थे।

वह दिन-भर पूल में तैरता रहा। जब थक जाता था तो हाथ-पाँव छोड़कर धूप में लेटा रहता। अब पानी के नीचे वह स्याह बोझिलपन नहीं था जो उसे जुलाई के दिनों में महसूस होता था। पानी की झीनी छत उसके ऊपर खिसक आती और उसके ऊपर सूरज पिघलती हुई मोमबत्ती-सा काँपता रहता।

एक बार उसने हल्की-सी सरसराहट सुनी थी जो न पानी की आवाज़ थी, न हवा की। उसे लगा था, जैसे कहीं बहुत नीचे—पानी के

अँधेरे में—कोई खट्-खट्-खट् कर रहा हो, जैसे हम कभी जंगल में पेड़ के कटने की आवाज़ सुनते हैं। जब वह पूल के ऊपर आया तो कहीं भी कोई आवाज़ नहीं थी। सूरज डूबने लगा था और ठंड से उसके दाँत कटकटा रहे थे।

वह कपड़े बदलकर क्बल के टेरेस पर आ गया।

टेरेस की कुर्सियाँ ख़ाली पड़ी थीं। सिर्फ़ एक कोने में महीप बैठा था।

"तुम भी अजीब आदमी हो!" महीप ने कहा।

"क्या बहुत देर हो गई है?" उसने मेज़ के पास अपनी कुर्सी खिसका ली।

"कुछ पियोगे?" महीप ने पूछा।

वह आज पीने के बारे में ज़्यादा निश्चित नहीं था। घर में पैकिंग के लिए सब चीज़ें बिखरी पड़ी थीं।

"कुछ पी लो...तुम्हारे होंठ नीले पड़ गए हैं। जाने से पहले ठंड में मरने से क्या फायदा!" महीप ने कहा।

उसने चाय में रम मिला हुआ 'ग्राक' का एक गिलास मँगवा लिया। महीप अपनी बियर से चिपका रहा। उसे कुछ याद आया और वह हँसने लगा।

"आज गुझे पूल में एक अजीब-सी आवाज़ सुनाई दी," उसने महीप से कहा।

"कैसी आवाज़?" महीप ने पूछा।

"मैं अब उसे याद नहीं कर सकता," उसने हँसते हुए कहा।

"तुम अब आवाज़ें भी सुनने लगे हो?"

लेकिन उसने महीप के मज़ाक़ की ओर कोई ध्यान नहीं दिया। उसे अब भी अपनी कनपटियों पर एक धीमी खट्-खट् सुनाई दे रही थी।

"कल का पक्का है?" महीप ने पूछा।

"हाँ," उसने कहा। "कल सुबह।"

टेरेस पर उनके अलावा कोई नहीं था। नीचे क्लब की 'बार' थी, उससे सटा डांसिंग फ़्लोर था। कभी-कभी कुछ बातों के टुकड़े या हँसी के स्वर उन्हें सुनाई दे जाते थे। एक क्षण के लिए उसे विश्वास नहीं हो सका कि कल इस समय वह यहाँ नहीं होगा।

नीचे डांसिंग फ़्लोर से 'कुआडरिले' की आरम्भिक 'बार' ऊपर उठी थी—इतनी ऊँची और कर्णभेदी कि मेज़ पर रखे उनके गिलास हल्के-से झनझना उठे। इस ज़माने में भी वे यहाँ कुआडरिले नाचते होंगे, उसने कभी नहीं सोचा था।

ग्राक पीने के बाद उसे अपने ख़ून में एक मीठी-सी तरलता महसूस हुई।

"तुम अरुणा से मिले थे?" महीप ने पूछा।

"नहीं...वहाँ जाना नहीं हो सका," उसने कहा।

महीप ने बियर के गिलास से उसकी ओर देखा, "पहले तुम अक्सर उसके घर जाते थे।"

उसने महीप की ओर देखा और चुप रहा। तीन साल पहले...उसने याद करने की कोशिश की। उसे हल्का-सा विस्मय हुआ कि उसे उन दिनों के बारे में पछतावा नहीं है। उसे ख़ुशी हुई कि वह अरुणा से नहीं मिला। तुम उससे नहीं मिल सकते जिससे तुम कभी बहुत प्यार करते थे और अब नहीं करते। पर वह यह बात महीप से नहीं कहना चाहता था। उसे सचमुच दुख होगा।

उसे पहली बार महीप के साथ कुछ अकेलापन-सा लगा। यदि कुछ और मित्र उनके साथ होते तो शायद ठीक रहता। तब अपने को इतना अरक्षित छोड़ देने की सम्भावना न रहती।

"सुना था, पिछले साल तुम हाइकिंग के लिए गए थे?" उसने महीप से पूछा।

"हाँ, पिछली गर्मियों में," महीप ने कुछ उत्साहित होकर कहा। हाइकिंग हमेशा से महीप के लिए एक पैशन रहा है। वह आज तक उसके इस अजीब पागलपन को समझ नहीं सका।

"हम रोहतांग पास गए थे।" महीप ने बियर का गिलास सामने से हटा दिया। "केशी साथ था। इस साल अगर तुम रह जाते तो एक साथ प्रोग्राम बना सकते थे," महीप ने कहा।

कुछ लड़के-लड़कियों के जोड़े टेरेस पर आ गए। वे ऊँचे स्वरों में बातचीत कर रहे थे। वे शायद डांसिंग रूम से आए थे। उनके हाथों में कोका-कोला की बोतलें थीं और वे कुर्सियाँ खिसकाकर दूसरे कोने में बैठ गए थे।

नाच ख़त्म हो गया था। नीचे बार में अब ख़ामोशी थी। दूर अँधेरे लॉन में स्विमिंग पूल की रोशनियाँ झिलमिला रही थीं।

"क्या सोच रहे हो?" महीप ने पूछा।

"कुछ नहीं," उसने हँसकर कहा।

"सुनो," महीप भी हँसने लगा, "मैं सोचता था, तुम अरुणा से विवाह करोगे। हम सब यही सोचते थे।"

उसने महीप की ओर देखा। उसने शायद बहुत पी ली है, वह शायद शाम से पी रहा है—उसने सोचा।

टेरेस के परे दिल्ली का आकाश था—नीरव और अबाध। कहीं किसी कोने से सर्चलाइट की शहतीर ऊपर उठती थी और सितम्बर के धूमिल अँधेरे को काटती हुई ग़ायब हो जाती थी। बरसों से यह उसका अपना शहर रहा है, एक क्षण के लिए उसे विश्वास नहीं हो सका। आस-पास के मकानों से धुआँ उड़कर हवा में ठहर गया था। दूर से देखने पर लगता था, जैसे सारा शहर एक हल्की, नीली धुंध से घिर गया हो।

और तब उसने सोचा—मैं चाहूँ तो रुक सकता हूँ। कम-से-कम इस उम्र में हर आदमी थोड़ी-बहुत फ़िक्र करने लगा है। वह यह जान लेता है कि यह उसकी ज़मीन है, वह यहाँ खड़ा है। उसने आज तक कभी इसके बारे में नहीं सोचा। केशी इसे जानता था और वह आर्मी में चला गया। लेकिन उसके लिए यह कभी सम्भव नहीं रहा।

नीचे बार से ब्लू डैन्यूब की बहुत पुरानी ट्यून टेरेस पर चली आई। टेरेस पर बैठे लड़के-लड़कियाँ सीढ़ियाँ उतरकर डांसिंग रूम में चले गए।

"तुमने तो देखा होगा?" महीप ने पूछा।

"क्या?"

"डैन्यूब को। क्या उसका रंग सचमुच नीला है?"

वह हँसने लगा। उसे वियना के वे दिन याद हो आए जिन्हें वह बहुत पहले भूल चुका था।

नीला एक बहुत उदास रंग है—उसने सोचा। ब्लू पीरियड, नीग्रो ब्लूज़...वह एक रंग है जो तुम बनाते हो, जो होता कुछ भी नहीं।

"वहाँ ख़ूब मजा रहता होगा," महीप ने बियर पीते हुए कहा।

"हाँ, बहुत ज़्यादा," उसने कहा, "तुम्हें वहाँ कभी आना चाहिए। मेरे अपार्टमेंट में दो सोफ़ा हैं...मैंने उन्हें तुम्हारे और केशी के लिए रख छोड़ा है," उसने कहा।

ग्राक पीने के बाद उसे गर्मी-सी महसूस हो रही थी। उसकी इच्छा हुई कि वह स्विमिंग पूल में फिर चला जाए, लेकिन वह बैठा रहा। उसने महीप को रिंग स्ट्रासे के बारे में बताया, उनकी बियर पब्स के बारे में भी बताया, जो इतनी बड़ी थी कि वहाँ पाँच सौ आदमी एक साथ बैठ सकते हैं। और फिर वहाँ स्टाइट पार्क भी था—सबसे बड़ा पार्क। वह इतवार के दिन वहाँ जाता था। इन दिनों वहाँ दिन-रात पत्ते झरते रहते हैं। शाम के वक़्त ऑर्केस्ट्रा भी बजता है और तुम अपनी फ़रमाइश भी

भेज सकते हो...तुम जो कुछ सुनना चाहो, फ़रमाइश भेजकर सुन सकते हो और तुम्हारा 'पीस' बजाने के बाद, कंडक्टर तुम्हारी ओर झुककर सलाम करता है।

वह रुक गया। बियर के गिलास के सामने महीप की आँख मुँदने लगी थी।

"हमें चलना चाहिए," उसने कहा।

नीचे बार बन्द हो चुका था। टेरेस पर वे अकेले रह गए थे।

"तुम चाहो तो कुछ देर के लिए मेरे कमरे में चल सकते हो... मेरे पास कुछ पोर्ट हैं," महीप ने जम्हाई लेते हुए कहा।

"मैं अब घर चलूँगा...मैंने अभी कुछ भी पैक नहीं किया।"

वे बाहर आ गए। सितम्बर की रात चारों ओर फैली थी। आकाश में एक भी बादल नहीं था। सिर्फ़ तारे थे जो पॉलिश किये पीतल के बटनों-से चमचमा रहे थे।

टैक्सी लेने के पहले वे चुपचाप फ़ुटपाथ पर खड़े रहे।

"सुबह कितने बजे जाओगे?"

"काफ़ी जल्दी...तुम बिस्तर पर होगे," उसने कहा।

"मैं कोशिश करूँगा," महीप ने टैक्सी में बैठकर कहा और अपना सिर सीट की गद्दी पर टिका दिया। वह सो रहा था।

वह उस रात काफ़ी देर से घर पहुँचा था। माँ दरवाज़े की साँकल खोलने आई थी। वह रास्ता छोड़कर एक तरफ़ खड़ी रही। उसे डर था, उसके पाँव सीधे नहीं पड़ रहे थे। वह बहुत लापरवाही से सीटी बजाता हुआ ज़ीना चढ़ने लगा।

वह पहले ग़ुसलख़ाने में गया। देर तक हाथ-मुँह धोने के बाद भी उसे लगता रहा, जैसे ग्राक की गन्ध उससे चिपकी है। माँ जान लेगी। उसे आज नहीं पीना चाहिए था—उसने सोचा। उसे लगा, उसका सिर धीरे-धीरे चकरा रहा है। उसे ख़ुशी हुई कि सोने तक उसका सिर ऐसे ही चकराता रहेगा।

वह अपने कमरे में आया। माँ ने उसकी चीज़ें अलग-अलग कोनों से बटोरकर सूटकेस के पास रख दी थीं। उसके मोजों और रूमालों को धोकर अलग रख दिया था। पैकिंग के लिए उसके पास ज़्यादा चीज़ें नहीं थीं। कुछ दिन पहले वह ज़रूरी चीज़ें ख़रीद लाया था—सर्दियों के लिए एक ऊनी मफ़लर, दस्ताने, जूतों की एक जोड़ी, दो डिटेक्टिव उपन्यास जो वह हमेशा यात्रा में वक़्त काटने के लिए ख़रीद लेता था। उसे नीता और केशी की पुस्तकों में कभी दिलचस्पी नहीं रही। इन छुट्टियों में उसने उन्हें कई बार पढ़ने की कोशिश की थी लेकिन हर बार वह ऊब जाता था।

कुछ देर बाद माँ कमरे में आई। उसके हाथ में एक छोटा-सा लेबल था। दातुन को स्याही में भिगोकर उस पर बड़े-बड़े अक्षरों में उसका नाम लिखा था। नाम के नीचे उन दोनों शहरों के नाम लिखे थे जहाँ से वह जा रहा है और जहाँ वह उतरेगा।

"इसे बाबू ने दिया है," माँ ने कहा। "इसे अपने सूटकेस पर चिपका लेना...खोएगा नहीं।"

"इसकी ज़रूरत नहीं थी," उसने कहा।

"टिकट रख लिये?" माँ ने पूछा।

"हाँ, वे मेरी जेब में हैं," उसने कहा।

"एक बटुआ ख़रीद लेता, तुझे हर चीज़ जेब में रखने की आदत है," माँ ने कहा।

वह सूटकेस में अपनी चीज़ें रखने लगा। कोन्याक की बोतल वह बाहर फेंक देना चाहता था, किन्तु माँ के सामने वह उसे बाहर नहीं निकाल सका। उसने उसे सूटकेस में ही रहने दिया।

"नीता और बूलू को कह दिया था?" माँ ने पूछा।

"उन्हें मालूम है," उसने कहा।

खाना खाते समय भी माँ सामने बैठी रहीं। उसे भूख नहीं थी किन्तु उस रात वह जल्दी नहीं उठ सका।

"क्या एक दिन के लिए केशी के पास नहीं रुक सकोगे?" माँ ने पूछा।

"देखो...कोशिश करूँगा," उसने कहा।

उसे मालूम है, यह असम्भव है। लेकिन उसे यह बात माँ से कहना निरर्थक जान पड़ा।

कुछ देर तक कमरे में सन्नाटा रहा। उसे माँ की चुप्पी कुछ अजीब-सी जान पड़ी। सिर उठाकर देखा, वह दीवार की ओर मुँह मोड़कर बैठी थी—निश्चल और मौन।

पहली बार उसने माँ को ज़रा ध्यान से देखा। देखता वह शुरू से आया है, लेकिन पहली बार उसे लगा, जैसे वह पहले से अधिक दुबली, क्षीण और मुरझाई हुई दीख रही है। वह सिकुड़कर बैठी थी, मानो उसे स्वयं अपनी नगण्यता पर संकोच हो...। बरसों पहले जो चीज़ उसमें थी, अब वह इतनी पीछे और दूर सरक गई थी कि उसे देख पाना भी असम्भव-सा जान पड़ा।

अचानक वह चौंक गया। माँ ने कुछ कहा था और उसका स्वर बहुत धीमा-सा हो आया था।

"एक बात कहनी थी...तुम्हें बुरा तो नहीं लगेगा?"

उसने माँ की ओर देखा।

"कभी-कभी अरुणा को चिट्ठी लिख दिया करो। वह तुम्हें और केशी को बहुत मानती है।"

उसने कुछ नहीं कहा। अनजाने में एक दबा-दबा-सा ग़ुस्सा उसके भीतर उमड़ आया। देर तक उसे पता नहीं चल सका कि वह ग़ुस्सा किस पर है। किन्तु वह अधिक देर तक नहीं टिक सका। उसे तसल्ली हुई कि माँ अभी तक कुछ भी नहीं जानती।

वह ऊपर आ गया। कल की चाँदनी अब भी छत पर बिखरी थी—फीकी सफ़ेद और बुझी-बुझी सी। हवा चलने से नीम का पेड़ दीवार के ऊपर डोले जाता था।

केशी के लिए वह जो पुराने प्रिंट्स और रिकॉड्र्स वियना से लाया था, उन्हें पोटली में बाँधकर उसने कोने में रख दिया। वह शायद क्रिसमस में आएगा—उसने सोचा।

दीवार पर जुआँ-ग्री की स्टिल लाइफ़ अब भी लटकी थी...। पता नहीं, केशी उसे अपने साथ क्यों नहीं ले गया। कमरे में केशी और नीता की चीज़ें कुछ इस तरह रखी थीं मानो वे कुछ देर के लिए बाहर गए हों। वह उन्हें छूते भी डरता था। उसने उन्हें वैसा ही छोड़ दिया था, जैसा उसने पहली बार उन्हें देखा था।

उसने बत्ती बुझा दी और पलंग पर लेट गया। वह उन गर्मियों के बारे में सोचने लगा जो उसने घर में बिताई थीं। किन्तु वह उनके बारे में कुछ भी याद नहीं कर सका। उसका ध्यान बार-बार छोटी और महत्त्वहीन चीज़ों में भटक जाता था। जब कभी उसे नींद नहीं आती थी तो वह एक-एक करके उन मकानों को याद करने लगता, जहाँ वे बहुत पहले रहे थे। जब मकान ख़त्म हो जाते तो वह यूरोप के उन शहरों को गिनने लगता जहाँ वह गया था—पिछली गर्मियों में और उससे पिछली गर्मियों में...।

सहसा उसे लगा, जैसे उसने कमरे में एक धीमी-सी सरसराहट सुनी है। वह शायद सो रहा होगा—उसने सोचा। किन्तु उसे पूरी तरह निश्चय नहीं हो सका। वह बिस्तर पर बैठ गया। एक लम्बे क्षण तक

वह अँधेरे में अपलक घूरता रहा। उसे लगा, जैसे एक सफ़ेद-सी आकृति उसके सामने हिली हो।

"बाबू...क्या तुम हो?"

"ज़रा बत्ती तो जला, यहाँ कुछ दिखाई नहीं देता।" अँधेरे में उसे बाबू का स्वर सुनाई दिया।

वह कुछ इस बुरी तरह घबरा गया था कि कितनी ही देर तक उसे स्विच नहीं मिल सका। जब कमरे में प्रकाश हुआ तो भी एक छोटे क्षण तक उसे लगता रहा, जैसे यह उसका भ्रम है—वह आँखें खोलेगा और कमरे में कोई भी नहीं होगा।

लेकिन दूसरे ही क्षण उसकी आँखें बाबू पर टिक गईं।

"आप...आप यहाँ क्या कर रहे हैं?" इच्छा न रहते हुए भी उसके स्वर में क्रोध उभर आया था।

"मैं समझा था, तुम अभी जाग रहे हो," उन्होंने कहा। एक निरीह-सी खिसियाहट उनके चेहरे पर सिमट आई थी।

किन्तु उसे विश्वास नहीं हुआ। उसे लगा, जैसे उसके जागने के पहले वह काफ़ी देर तक अँधेरे में खड़े रहे थे। उसे ध्यान आया, वह अब भी खड़े हैं।

"आप बैठ तो जाइए!" उसने पलंग से उठते हुए कहा।

उसके स्वर में अब भी झुँझलाहट भरी थी।

"नहीं...नहीं, तुम बैठे रहो। मैं तुम्हें सिर्फ़ यह दिखाने आया था। ज़रा देखो...यह कैसा रहेगा?"

उसकी निगाह अनायास बाबू के पीछे छिपी कुर्सी पर चली गई। कुर्सी के हत्थे पर एक पुराना ओवरकोट रखा था। उसकी समझ में नहीं आया, वह इसे यहाँ क्यों लाए हैं।

"ज़रा पहनकर देख लो। अगर ठीक लगे तो अपने साथ ले जाओ...मेरे पास तो ऐसे ही पड़ा है," उन्होंने कहा।

"मेरे पास एक कोट पहले से है, मैंने आपको कहा भी था।"

"एक है तो दूसरा रखने में बुराई नहीं है। तुम्हें तीन-चार साल अभी वहाँ और रहना है...आजकल ऐसे ओवरकोट नहीं मिलते। इससे बरसाती का काम भी निकल जाएगा," उन्होंने कहा।

"सूटकेस में जगह कहाँ निकलेगी?" उसने कहा, लेकिन उसे स्वयं अपना स्वर अनिश्चित-सा जान पड़ा।

"अपने हाथ में ले जाना।" बाबू ने कहा, "आजकल प्लेन में लोग अपने हाथों में न जाने कितनी चीज़ें ले जाते हैं।"

वह चुप रहा। खीज की जगह अब सिर्फ़ ख़ालीपन था।

"ज़रा पहनकर तो देख...।"

"नहीं, यों ही ठीक है। मैं ले जाऊँगा।"

बाबू कुछ देर तक सिटपिटाए से चारों ओर देखते रहे...इस बीच उन्होंने एक बार भी ओवरकोट की तरफ़ नहीं देखा, जैसे कोई आदमी उस जगह को दोबारा देखने से कतराता है, जहाँ उसने कोई अपराध किया हो।

वह ज़्यादा देर तक उसके कमरे में नहीं रहे। बाद में उसे हल्का-सा खेद हुआ। अगर वह उनके सामने ओवरकोट पहन लेता तो शायद उन्हें काफ़ी ख़ुशी होती। लेकिन उसने उसके बारे में ज़्यादा नहीं सोचा और पलंग पर लेट गया।

देर तक वह बत्ती बुझाने का साहस नहीं कर सका। उसका दिल अब भी तेज़ी से धड़क रहा था। उसे ख़याल आया कि अगर वह न जागता तो शायद बाबू कोट कुर्सी पर छोड़, चुपचाप बाहर चले जाते। आज भी बाबू को कोई चीज़ आमने-सामने देने में मुश्किल-सी महसूस होती है। जब वह छोटा था तो वह उसके जेब-ख़र्च के रुपये मेज़ पर रख जाते थे—हाथ में कभी नहीं देते थे।

उसने करवट बदली। देर तक वह घर की आवाज़ें सुनता रहा। माँ जीने के दरवाज़े की साँकल लगाने नीचे उतरी थी। कहीं एक छत से रेडियो का स्वर हवा में तिरता हुआ दूसरी छत पर आकर ठहर जाता था। कभी-कभी बाबू के कमरे से खाँसने की आवाज़ सुनाई दे जाती थी।

कुछ देर बाद सब ख़ामोश हो गया। उसने बत्ती बुझा दी। दरवाज़ा खुला था। बाहर की चाँदनी धीरे-धीरे फैलती हुई देहरी के भीतर सरक आई थी। वह फिर सोने की कोशिश करने लगा।

बहुत रात बीते उसे लगा था, जैसे वह और केशी स्कीइंग के लिए कुफ़्री गए हैं। चारों तरफ़ बर्फ़ फैली थी। वह बहुत तेज़ी से नीचे फिसल रहा था। कुछ दूर नीचे जाकर उसे लगा, जैसे उसकी 'स्की' की नोक किसी कड़ी चीज़ से जा टकराई है। उसे हल्का-सा विस्मय हुआ। वह वहीं बर्फ़ पर बैठ गया और अपनी स्की की मुड़ी हुई नोक से बर्फ़ खोदने लगा। बहुत-सी बर्फ़ ऊपर आती थी और वह उसे दूसरी तरफ़ फेंक देता था। फिर अचानक उसके हाथ ठिठक गए...नीचे। बर्फ़ के बहुत नीचे एक गड्ढा दिखाई दिया और उसे लगा, जैसे उसके भीतर कोई रो रहा है। उसने नीचे झुककर गड्ढे में देखा लेकिन वहाँ कुछ भी नहीं था; सिर्फ़ एक हड्डी, पेड़ की एक डाल और एक काँच का टुकड़ा पड़ा था।

उसकी आँख खुल गई। घर सूना पड़ा था। कहीं भी कोई नहीं था—सिर्फ़ छत की चाँदनी देहरी लाँघकर उसके बिस्तर पर सरक आई थी। उसने करवट ली और दोबारा सो गया।